講談社文庫

うちの旦那が甘ちゃんで　7

神楽坂 淳

講談社

うちの旦那が甘ちゃんで 7

温泉と駆け落ち

かつん、と、拍子木《ひょうしぎ》の音がした。

続いて、拍子木が連続して叩《たた》かれる音がする。

「沙耶《さや》、始まったぞ」

月也《つきや》が厳しい表情になる。

また始まった。沙耶もため息をつく。

始まった、というのは「女敵討《めがたきう》ち」である。最近江戸ではこれが妙に流行している。

「女敵討ち」は、不義密通《ふぎみっつう》や夫のある女が駆け落ちしたときに行われる。通常の仇討《あだう》ちと同様、正式な手続きを踏み、許可を得て相手の男を討つものだ。

仇討ちと女敵討ちどちらにも覚悟がいるので、本来そう簡単に行われるものではない。

だが、最近流行している「女敵討ち」は、これまでのものより軽くなっている。公衆の面前で辱《はずかし》めたあと、示談にしてしまうのだ。当然、奉行所への手続きも不要である。

そのうえで、その様子を瓦版屋《かわらばん》が読売《よみうり》として売っていた。そのせいもあってか、芝居でも仕込んでいるかのように女敵討ちが湧《わ》いて出てくる。

これまで女敵討ちは三年に一度もあれば多い方だったのに、最近は月に数度も行われる。

いくらなんでも多すぎる。そもそも、密通などそう簡単にあることではないのだ。

両国《りょうごく》の火除《ひよ》け地でのことである。一組の男女を、三人の男が囲んでいる。刀ではなく傘《かさ》を持っていた。

囲まれた方も刀を抜く気配はない。そして、やはり傘を持っている。一見茶番としか思えないが、双方大真面目《まじめ》である。

そして殺し合いではないということで、名目上は喧嘩《けんか》となる。正式な手続きを踏んでしまうと命のやりとりになるが、喧嘩であればお咎《とが》めはない。

奉行所としては、このようなことで咎めたくもないが、かといって見逃したいわけでもないといった様相だ。

火盗改《かとうあらた》めが出るような案件ではなく、野次馬《やじうま》が喜ぶだけであった。

「あれ、狭霧《さぎり》さんのところの客ではないですか？」

土下座している男を見ると、山本町《やまもとちょう》の狭霧の店で見たことがある男であった。遊女と駆け落ちでもしたのかと思ったが、そうではないらしい。

道ならぬ恋などしなければいい、と思うのだが、これぼっかりは本人にもどうしようもないのだろう。

「恋の代償は大きいな」

男たちは、相手の男をさんざん傘で打ち据えると帰って行った。あとに残された二人は、お互いをかばい合って立ち上がる。

むしろそちらの姿の方が同情を誘う風情《ふぜい》があった。

ふと、沙耶は月也を見る。

もし二人が出会う前から、月也に妻がいるなり、沙耶に夫がいたらどういうことになっていたのだろう。自分の相手が許されない相手だったらと思うと、背中が寒くなる。

月也はどう思っているのか、と顔を覗《のぞ》き込むと、月也がほっとさせるような笑顔を見せた。それから重々しくいう。

「腹が減ったな」

永代寺門前仲町《えいたいじもんぜんなかちょう》の小泉熊治郎《こいずみくまじろう》は、蕎麦《そば》だけでなく飯も出す。看板は蕎麦屋なのだが、むしろ飯の方が評判かもしれない。

どすん、と勢いよく目の前に茶碗《ちゃわん》が置かれた。飯と、白魚《しらうお》と、筍《たけのこ》である。月也は他に蕎麦も頼んでいた。

春の江戸の魚はなんといっても白魚である。ふっくらと煮あげたものを食べる。小泉熊治郎では、そこに筍を添《そ》えていた。

飯の上に行儀悪く全部載せてしまって、かき込むようにして食べる。この行儀悪さがなんとも言えずに美味《おい》しい。

食べてしまってから、はっとする。この食べ方は沙耶としては美味しくていいのだが、月也にはどう映るだろう。このようにはしたないのでは、嫌われてしまうかもしれない。

「あの、月也さん」

「なんだ?」

「わたしを嫌いになりますか?」

「なぜだ？」

「お行儀悪いから」

「同心《どうしん》の小者《こもの》なんだから、豪快《ごうかい》に飯を食うのは当たり前だろう。好きも嫌いもあったものではない」

「そうですか。月也さんがわたしを嫌わなければいいのです」

「嫌いになどなることはない」

あっさりと月也が言う。

そのとき。

「お二人の世界を紡《つむ》ぐのもよいですが、そろそろ本題をお願いできますか？」

牡丹《ぼたん》が困ったような顔で言った。

「あ、ごめんなさい」

「のろけを聞かせるために呼んだわけではないのでしょう？」

「そうね。ねえ、牡丹はわたしのことが嫌いにならない？」

「行儀が悪いからですか？」

「そう」

「夫婦は似るものとは言いますが、月也様のぼんくらがうつってしまってはいけませんよ」

牡丹が苦笑した。

「ですが、わたしが沙耶様を嫌いになるなんてことはありません」

「ありがとう」

牡丹に言われるとほっとする。沙耶は本題に入った。

「最近女敵討ちが流行《はや》っているのだけれど、本来そうそう流行るはずのないものでしょう？ なぜ流行っているのか知ってる？」

「ああ。七両二分のせいですね」

「七両二分？ それはなに？」

「駆け落ちや密通の詫《わ》び料ですよ。誰が決めたのかは知りませんが、七両二分というのが相場なのです。死なないですむのだから、という気持ちがあって、この形の女敵討ちが増えてきたのかもしれないですね」

「でも、毎月表沙汰《おもてざた》になるほど多いのはおかしくないかしら」

「そうですね。誰かが裏で商売にしているのかもしれません」

「でもその誰かは、どうやって密通を見つけるのかしら」

「出会い茶屋を張っておくのかもしれないですね。あるいは出会い茶屋がぐるになっているということも考えられます」

「そうなのね」

沙耶としては複雑な心境である。密通している人の味方をしたいわけではないが、無理やり表沙汰にしなくてもいいのに、と思う。

「牡丹は密通についてはどう思うの？」

「しないに越したことはないですが、恋は理屈ではないですからね。焦《こ》がれるような気持ちを止められなかったのでしょう」

「牡丹くらい綺麗《きれい》に生まれていたら恋もよりどりみどりよねえ」

「世の中そんなにうまくはできていませんよ」

牡丹が真面目な顔で言った。

「たった一人、添い遂げたい相手と結ばれるのが一番です。それ以外の相手が何百人いてもあまり意味はありません」

「それはそうね。わたしも月也さんがいればいいわ」

沙耶も大きく頷《うなず》いた。

「それにしても、商売になるのだったら仇討ちで得する人間がいるということですよね」

「そう。誰なんだと思う？」

牡丹はしばらく考えて、眉《まゆ》を少しひそめた。

「岡《おか》っ引《ぴ》き、でしょうか」

「岡っ引き？」

月也が驚いたような声を出した。

「岡っ引きが事件を起こしたい思うわけがないだろう」

「いいえ。違いますよ。岡っ引きは手ごろな事件が欲しいんです」

牡丹が首を横に振る。

「江戸のために働いている岡っ引きももちろんいます。でも、岡っ引き自体は収入にならないですからね。まさに子供の小遣い程度の金額で働いているのだから、生活が立ちゆきません」

「だから密通を奨励《しょうれい》するの？」

「密通を奨励しているわけではなくて、強請《ゆす》れる相手を見つけているのでしょう。まず強請って、それに応じなかった相手を制裁しているのではないでしょうか」

「見せしめというわけ」

「そうですね。岡っ引きはタチが悪い連中も多いですからね」

「牡丹は岡っ引きが好きではないのね」

「こんな仕事をしていて、岡っ引きが好きな人間はいないでしょうね」

　牡丹が肩をすくめる。

「そういう岡っ引きは、わたしたちみたいな人間からいかにして金をせびるかということばかり考えているようなものですから」

「それはたしかに悪い人ね」

「どんなに事件を解決してもお金が入らないからそうなるのです。岡っ引きたちの〝正義〟の値段が安すぎるんですよ」

　たしかに、霞《かすみ》を食べて生きてゆけるわけではない。正義を守るために悪事を働くというのは矛盾《むじゅん》しているが、気持ちは正義寄りなのだろう。

「でも、もしわかったら打ち首でしょう？」

　幕府は同心や岡っ引きの不正には厳しい。なにかというとすぐに打ち首である。こまかいたかりならともかく、江戸を騒がすようなことをしたら死罪だろう。

「そうまでしてお金が欲しい理由は、他にもあるのではないかしら」

「わかりません。なにかあるんでしょうね」

　牡丹も、相手を特定できているわけではないから、なんとも言えないようだった。

「これぱっかりは、囮《おとり》になるわけにはいかないですしね」

「囮って？」

「沙耶様が密通のふりをして相手をおびき出すのですよ」

「誰と？」

「たとえばわたしと？」

牡丹がくすくすと笑った。

牡丹となら囮もいいかもしれない、と思わないでもない。

「月也さんはどう思いますか？」

「最悪、そういう方法もあるかもしれないな」

月也も頷いた。

「月也様は沙耶様を疑わないのですね」

「当たり前だろう。それに相手は牡丹だしな。牡丹が俺たちを裏切ることもないだろう？」

「まったくその通りです」

牡丹が大きく頷いた。

「でも、密通ごっこなんてしないに越したことはないですからね」

「わたしもそう思う」

牡丹に答える。

それにしても、と、沙耶はあらためて思った。

人生を踏み外すような恋というのは、どういうものなのだろう。

雛《ひな》祭りの時期が過ぎ、彼岸《ひがん》が近くなると、江戸はかなり暖かい。あちこちに桜が咲き、目も楽しめるようになる。

さっと雨が降った翌日などには筍が頭を出し始める。

この時期はやはり筍である。沙耶の家は昔よりも裕福になったとはいえ、贅沢《ぜいたく》な生活をするわけにはいかない。

沙耶にとっては、筍は節約と美味の両方を兼ねたものであった。

掘りたての筍は灰汁《あく》が少ない。米のとぎ汁で茹《ゆ》でると、すっきりとした茹であがりになる。

濃いめの味つけで煮るのもいいが、まずは茹でただけのものが美味しい。先端の部分はさっと削《そ》ぎ切りにして刺身のようにして食べる。

太い部分も同じようにして食べるのだが、こちらは大根をおろしてかけると味がきりりとして引き立つ。

溶《と》き辛子《がらし》を添えれば、もう立派な一品だ。さらに、筍を細かく刻んで納豆《なっとう》に混ぜて「筍納豆」にすると、筍の香りと納豆の香りが混ざりあって、いやでも食欲が増す感じがした。

味噌汁《みそしる》には庭に生えていたナズナを入れる。いかにも春の装いな朝食だ。

月也のもとに運ぶと、月也が筍の香りに浮き立った表情になった。

「お。筍か。いいな」

月也は筍が好きである。孟宗竹《もうそうちく》だけではなくて破竹《はちく》でもなんでも食べるが、春の孟宗竹が一番味がいい。

さくさくとした食感に甘みも加わって、なんとも言えない味わいがある。

筍と大根おろしを飯に載せて軽く醤油《しょうゆ》をかけると、いくらでも飯が進む美味《うま》さがあった。

これでは太ってしまう、と沙耶が警戒するほどの味である。

「沙耶、話があるのだが」

「なんでしょう」

「じつは俺は重い病を得て、湯治《とうじ》に行くことになった」

月也が真面目な表情で言う。

「どういうことですか？　どこがお悪いのですか？」

沙耶は思わずどきり、とした。月也と暮らす毎日で、湯治に行くほど体を悪くしているとと思ったことはない。まるで気づかなかったとすると、妻としては失格である。

「まるで気がつきませんでした。すみません」

沙耶が言うと、月也はにやりとした。

「ということにして湯治に行ってよいそうだ」

「それはお奉行様のご厚意ですか？」

「そうだ」

武士というのは、特に同心ともなると旅行に行くことはできない。そもそも武士は役目以外では外泊も禁止されている。

奉行所にしても、暮六《くれ》つには家に帰るようになっていた。夜の捜査は岡っ引きにまかせることが多かった。

ただ、風烈廻《ふうれつまわ》りに関しては、役目の性質上夜も出かけることが多い。それにしても江戸を出るなど、あり得ることではなかった。

ただし、役目で負傷した場合においては格別のはからいで湯治に行くことがある。

「そうですか。しばらく寂しくなりますね」

月也が出かけている間、沙耶はどうしても一人になる。どのくらいの間かわからないが寂しいには違いないだろう。

「寂しいとはなんだ。沙耶も一緒に決まっているだろう」

月也が当然のように言う。

「妻女が同行する湯治など聞いたこともありません」

「沙耶は俺の小者だからな。湯治も一緒だ」

「いいのですか？」

「もちろんだ」

たしかに奉行の筒井《つつい》なら、沙耶も同行させてくれるかもしれない。思ったこともない厚遇である。

まさか月也と二人で湯治に行けるとは考えてもみなかった。それだけに喜ぶほどの現実感がない。

「嬉《うれ》しくないのか」

「信じられません」

思わず答える。とはいえ、月也が嘘をつく理由もないから本当のことなのだろう。

もちろん嬉しいが、そうだとするとやらなければいけないこともある。

旅、と一口に言うが、まずは一生に一度のことと言ってもいい。そのための準備は数多い。町人ほど煩雑《はんざつ》ではないが、簡単ではないのである。

「ところで、どちらに参るのですか」

「箱根《はこね》だ」

箱根であるなら、関所を通り抜ける必要がない。江戸からの旅で初めに問題になるのは箱根の関所だからだ。

「まずは案内図を買って来ないといけませんね」

「案内図？」

「旅をするために、道中案内が必要ではないですか。買い求めてきます」

『東海道中膝栗毛《とうかいどうちゅうひざくりげ》』という本が発売されて以来、さまざまな形の旅行案内図が売られている。一番新しいのは『懐宝道中図鑑《かいほう》』というもので、なかなか人気だと音吉《おときち》から聞いていた。

それに、旅に出るとなると音吉や牡丹を含め、挨拶《あいさつ》をしておく相手もいる。沙耶組の面々とも話をしないといけない。

嬉しい以上に、支度が大変な気がした。

「いつ出立《しゅったつ》するのですか?」

「十日後といったところかな」

「わかりました。お役目は大丈夫なのでしょうか」

「俺がしばらくいないくらい、どうということもないだろう」

月也は屈託なく笑った。たしかに、風烈廻りは同心としては傍流《ぼうりゅう》だ。「定廻《じょうまわ》り」「隠《おん》密廻《みつまわ》り」「臨時廻り」のいわゆる「三廻《さんまわ》り」はいなくなると大変だが、風烈廻りは火盗改めがいる以上、大した仕事はない。

奉行所としては異例の厚意だが、甘えてもいい気がした。

「書類はどうすればよいのでしょう」

「奉行所が調《ととの》えてくれるそうだから、旅の準備だけでよい」

月也は軽く言うが、その準備が大変なのである。沙耶も、旅行に行くとは考えたことがないから、右も左もわからない。

まず音吉に相談しよう、と思った。音吉が旅のことを知らなくても、誰かが知っているだろう。

「わたしは音吉さんに相談してきます」

「そうだな。頼む」

八丁堀《はっちょうぼり》を出ると、深川《ふかがわ》の方に向かって真っすぐ歩く。そうしながら、準備のことを考えた。

路銀《ろぎん》は、最近の月也のおかげと、鉢植えの売り上げでなんとかなるだろう。贅沢な旅行をするわけでもない。

しかし旅用の行李《こうり》すら持っていないのだ。

深川につくと、まずは牡丹を探す。まだ朝だが、牡丹はわりと朝早くから店を出す。そして昼に休んで夕方にまたはじめる。

牡丹なりに客の来る時刻をはかって効率よく仕事をしているようだ。

「どうしたんですか？　沙耶様」

沙耶の姿を見て、牡丹は驚いたようだった。

「こんな時間にお一人でどうしたのですか？　しかも女の格好で」

「それが、急に湯治に行くことになったのよ。でも旅なんて考えたこともないから、音吉さんに相談しようと思ったの」

「そうですね。音吉姐《ねえ》さんはいろいろ知ってるから」

言ってから、ふと気がついたように、牡丹が沙耶の顔を見た。

「いま、音吉さんって言いましたね？」

「ええ」

「音吉、と呼び捨てにするって約束をしていたでしょう。姐さんが、『呼び捨てにしたのは最初の数回で、すぐにさんづけに戻った』ってむくれてましたよ」

「あ、そうね」

そのとおりだが、なんとなく呼び捨てにはしにくかった。

「でも、音吉さんだって沙耶さんって言っていますよ」

「沙耶様が音吉さんと言うのに、自分だけ沙耶とは呼べないでしょう」

たしかにそうだ。音吉がいくら気風《きっぷ》のいい辰巳《たつみ》芸者だからといって、礼儀は無視できないだろう。

「わかった。練習するわ」

「その方が喜びますよ」

言ってから、牡丹は桜の花の砂糖漬けを取り出した。

「いまの時期はやはり桜ですね」

「ありがとう」

牡丹の手から受け取った桜の花びらを口に含む。

「いい香りですよ」

「ほめてくれてありがとう」

「では、おりんとおたまに連絡してきます。少しお待ちください」

牡丹は手早く店を閉じると、出かけていった。

牡丹を見送ると、次はどうするか、と考える。湯治といっても実感はまるでない。

温泉とはどのようなものなのか、読み物でしか触れたことはない。

考えていると、音吉がおりんとおたまを連れてやってきた。うっすらとした化粧だけで、髪もたらしたまま結《ゆ》ってもいない。

まるで湯上がりのような格好だが、沙耶が見ても色気がある。

「おはよう。音吉」

挨拶すると、音吉がぱっと目を輝かせた。どうやら、沙耶に呼び捨てにされたのが嬉しいらしい。

「おはよう沙耶。湯治だって。いいねえ。あたしもついていこうか」

「本当ですか？　わたしも心強いです」

沙耶としては真剣に言ったのだが、おりんとおたまがあわてたような声を出した。

「駄目です。お座敷を放り出す気ですか？」

「わかってるよ」

音吉は不満そうな声ながら、無理なことと納得はしているようだった。

「あたしらはけっこう前から身柄を押さえられちまってるんだよ」

「音吉は人気がありますから」

「まあ、こういっちゃなんだが、あたしは不見転《みずてん》じゃないからね。客への義理も重いんだ」

音吉が誇らしげに言う。不見転というのは、金を持っていれば誰でも相手をする、客を選ばない芸者のことだ。音吉の場合は、きちんとした紹介のない客の座敷にはあがらないやり方であった。

それでも、贔屓《ひいき》にしてくれる旦那衆には事欠かないのは、やはり美貌と気風のなせる業《わざ》だろう。

「それにしても、湯治とは豪勢だね。どうでもいいけど、月也の旦那はそのまま奉行所からお払い箱ってことはないだろうね」

「まさか。月也さんは頑張っていますよ」

「そうかな。もっとできのいい奴が見つかって、そのまさようならでも不思議じゃないけどね」

音吉がくすくす笑う。沙耶は、昔ならいざ知らず、最近の月也がお払い箱になることはないと信じてはいるが、不安にならないわけでもない。

「でも、沙耶は男装するのかい？」

「それは悩んでいるのです。関所を越えないのであれば男装も悪くないですね」

湯治の旅は箱根までだから、関所を越えることはない。もし関所を通過するなら男装は即御用である。

大名の子女が男装をして関所を抜けようとするのを警戒してのことだ。男装に限らず、変装と思われると目をつけられる。

ただ、女の格好をしていると、なにかとからまれやすい。下手《へた》をするとさらわれて女郎屋に売られることまである。

「まあ、男装しても美形だからね。からまれやすいのは変わらないかもしれない。でも、男の格好の方が歩きやすいんじゃないかな」

たしかにその方が歩きやすい。旅装となるとなおさらだ。からまれる危険を少なくするためにも男装の方がよさそうだった。

「ねえねえ。箱根とまではいかなくてもさ。今度月也の旦那を置いてあたしと湯治に行かないかい？　沙耶としっぽり温泉に行きたいねえ」

「湯治はもうすることはないと思います」

「じゃあ鉄砲風呂《てつぽうぶろ》はどうだい」

「好きですね。お風呂」

沙耶が思わず笑った。まるで音吉に口説かれているようだ。

「沙耶の肌って、もちもちして好きなんだよ。育ちがいい肌だ」

「わたしは貧乏同心の娘ですから、育ちがいいということはないですよ」

「いや、育ちがいい。貧乏なのと育ちが悪いのとは違う。金持ちでも育ちの悪い女もいるからね。そしてそういうのは肌に出るのさ」

「肌でわかるのですか？」

「わかるね。育ちが悪いとさ、肌がちょっとけば立ってくるんだよ。たとえばお湯をかけたときにね、さあっとお湯をはじくのがいい肌。お湯の玉がぷつぷつと残っていくのは少し荒れた肌なんだ」

「わたしの肌はいい肌なのですね」

「ああ。すごくいい」

音吉は言いながら、沙耶の手をとった。

「ほっとする肌なんだよ。あたしたちからするとね」

言ってから、音吉は言いすぎた、という顔になった。

「沙耶にはわからないと思うけどね。自分のことだから」

それから、音吉は少し考え込んだ。

「あたしの客に、旅に詳しいひとがいるねえ。佐賀町《さがちょう》にさ、村田屋治郎兵衛《むらたやじろべえ》っていう書き物問屋があるんだ。ここから歩いてすぐだから、門前仲町でよく芸者を呼んでくれるんだよ」

「といっても、わたしが話を伺えるような義理はないでしょう」

「それなんだけどさ。沙耶、あんたあたしの箱屋《はこや》になってみる気はないかい？」

「箱屋ってなんですか？」

「箱屋は、芸者の面倒を見る仕事さ。たとえば、三味線《しゃみせん》を自分で持って歩いたら重いだろう。だから箱屋が持って歩くのさ」

そういえば、音吉はいつも自分では三味線を持っていない。おりんかおたまが持って歩いている。

「箱屋は女の仕事なんですか？」

「男の箱屋と女の箱屋がいるね」

音吉が説明する。

箱屋は、二種類いる。つけの取り立てをしたり、三味線を持って歩いたり、力仕事のようなことをするのが「揚げ箱」で、こまごました身の回りの世話をするのが「内箱」である。

揚げ箱は男、内箱は女が務めることが多い。

「音吉は箱屋を使っていないですよね？」

「おりんとおたまが箱屋の代わりさ」

「男の人は使わないんですか？」

「使わないよ。箱屋になるような男はろくなもんじゃないからね。だらだら働いて芸者のひもになりたがるような奴ばっかりさ」

音吉は、気分が悪い、という様子を隠そうともしなかった。

「でもさ。沙耶があたしの箱屋役を務めてくれるなら大歓迎さ。なんなら月也の旦那も一緒でもいいよ。あのひとは駄目なひも男役は得意そうだ」

音吉が楽しそうに言う。

それから軽く咳払《せきばら》いをすると、真面目な顔になった。

「おつとめにも必ず役立つよ。芸者を呼ぶような連中と付き合うのは」

たしかに音吉の言う通りだ。凶悪な犯罪の餌食《えじき》になるのは金持ちだから、金持ちと交流するのは悪いことではない。

「いいですね。今度やってみます」

「男装の箱屋なんてすごく面白い」

音吉はいかにも楽しそうだった。

「わたしは男装で箱屋を務めるのですか？」

「その方がいいじゃないか」

どうやら音吉は、沙耶のためだけではなく、自分の商売に役立つことも考えているようだった。

もし音吉の役に立つならそれは嬉しいことだ。

「どうすればいいですか？」

「三日したら村田屋さんの座敷があるから。呼びに行かせる」

「わたしも箱屋はしてみたいな」

脇から牡丹が口をはさんだ。

「あんたは駄目だ」

音吉がぴしゃりと言った。牡丹が不満そうに口をとがらせる。

「なぜですか」

「箱屋の才がありそうだからね。染まってほしくない。箱屋って仕事がどのくらい駄目なのか知ってるだろう」

「わかっています」

牡丹が目を伏せた。どうやら、沙耶にはわからないが箱屋というのは相当問題のある仕事のようだった。

「月也さんにも箱屋ができるでしょうか」

「ばっちりだ」

音吉が間髪《かんはつ》を容《い》れずに言う。

「それではまるで月也さんが駄目な人みたいではありませんか」

沙耶が反論すると、音吉が噴き出した。

「当たり前だろう。月也さんは駄目な人間だよ。沙耶がいるから輝いているのであって、一人だとなにもできないだろう？　自分が小者になる前の月也さんを考えてごらんな」

そう言われると沙耶も反論できない。小者に逃げられてばかりでしょげていた月也のことはいつの間にか心の中では薄くなっている。

いま一緒にいる月也は凛《りん》として、沙耶の隣を力強く歩いている月也だ。といっても、もしかしたらそれも沙耶の贔屓目なのかもしれない。

「では、よろしくお願いします」

沙耶は音吉たちに挨拶をすると、家に戻ることにした。月也の方は、おそらく奉行所に顔を出しているだろう。

月也が言っていたように、同心は、奉行から手形をもらえばそれで書類の準備は問題ない。

一方町人は、まず大家に申請しないといけないし、あちこちの店にたまったつけも清算しておかないといけない。

黙って長く家を空けたら無宿人《むしゅくにん》になっている、ということもあるからだ。大家やら名主《なぬし》やらの許可を取り付けてやっと旅に出られるのだ。そうでないと「家出」という扱いになってしまう。

月也は、そのあたりの書類を調えるために奉行所に行っているはずだった。

沙耶の予想した通り、月也はまさに奉行の筒井政憲《まさのり》の部屋にいた。なぜ呼ばれたのかは月也にはわからない。書類に関しては、例繰方《れいくりかた》という役人がいて調えるから、奉行と会話する必要はない。

もちろん声をかけられるのは光栄なことだが、毎回呼ばれるたびに叱責《しっせき》される気持ちがして座りが悪い。

「なにか御用でございましょうか」

「うむ。お主の湯治のことだ」

「なにか不手際がありましたでしょうか」

月也が平伏する。

「出立もしていないのに不手際を起こすのは無理だろう」

筒井が笑いを含んだ声で言った。

「たしかにそうですな」

月也は思わず頭を上げた。

「では、どのような御用向きでしょう」

「お主に頼みがあるのよ」

「なんでしょうか」

「お主も知っての通り、町奉行所というのは江戸府内だけが管轄よ。品川《しながわ》を出てしまえばあとは関八州《かんはっしゅう》、つまり勘定《かんじょう》奉行の支配だ。江戸の外の治安というのはどうなっているのかしかと見て来てほしいのだ」

「かしこまりました」

治安と言われても正直ぴんとこない。しかし、行けばなにかわかるものはあるだろう。

「土産《みやげ》などは考えずともよい。見聞きしたことを語るのが一番の土産だと考えるがよい」

「わかりました」

とりあえず土産はいらないらしい、とは沙耶に相談しよう。

「道中なにに巻き込まれるやもしれぬ。一応これを持っていけ」

筒井が十両を布に包んで渡してきた。

「箱根までは二人で二両あれば行けるであろう。とはいえ同心ともあろう者が道中で困るわけにもいくまい。持ってまいれ」

「承知しました」

月也は押し頂くと、懐《ふところ》に入れた。

「これで沙耶と旅先で美味いものが食べられます」

「沙耶殿にこの十両のことは話すのか？」

「話しますよ」

月也が答えると、伊藤《いとう》が楽しそうに笑い声をたてた。

「お主は女房殿に秘密を持たぬのか」

「なぜですか？」

月也が首をかしげた。沙耶に秘密にしなければいけないことがあるとは思えなかった。金があるなら沙耶と分け合うし、困ったことがあれば沙耶に相談する。秘密を持っていいことがあるとは思えない。

「いや、なんでもない」

伊藤が真面目な顔で言う。

「手続きはとっておいた。安心して湯治に行くとよい」

「ありがとうございます」

月也は礼を言って部屋から出た。

あとには筒井と伊藤が残る。

伊藤が肩をすくめた。

「なにをどうやっても変わりませぬな。紅藤《くどう》は。沙耶、沙耶と、なにもかも女房殿に預けている」

伊藤の言葉に筒井が苦笑した。

「幸せな姿ともいえるが、頼りがいはないな」

「その分女房殿が頼りになります」

それから、伊藤が気になっていたことを尋ねた。

「ところで、なぜ湯治に行かせるのですか。同心が湯治に行くなど、刀傷の治療でもなければありそうにないと思われますが」

「うむ。それなんだがな。じつは、女敵討ちのことで考えがあるのだ」

筒井が言うと、伊藤が険しい表情になった。

「なるほど。あれですか」

仇討ちは武家だけの特権だが、町人の場合であっても、女敵討ちであれば罪には問われないことが多い。

ただ、浮気をしたという証拠が必要である。そうでなければ適当な罪を着せて財産を横取りすることができてしまう。万が一にも女敵討ちが冤罪《えんざい》なら、問答無用で獄門である。

そして、ここで大きな問題となるのが瓦版であった。

ご政道の批判を封じられた昨今の瓦版にとって、一番の刺激は「女敵討ち」を見つけることだ。

そのため、どうあっても新しい「女敵討ち」が欲しい。だから、駆け落ち者や浮気して家出した人物などを瓦版屋が調べて、女敵討ちを演出してしまうのである。

もちろん浮気はする方が悪い。妾《めかけ》を囲うのと浮気は違う。裕福なら妾は持ってもいいのだ。ただし、財産を妾に譲る、などと言い出すと問題だが。

もっとも女敵討ちはもう少し金のない家庭に起こることがほとんどである。

「江戸から箱根といった、関所を通らなくていいような宿場町で女敵討ちが起こることがしばしばある。紅藤がその事件に巻き込まれてくれることを期待しておる」

「それはまた雲を摑《つか》むような話ですね」

「だが、あのお人好しは巻き込まれそうではないか」

筒井に言われて、伊藤もそれはある、と考えた。

「しかし、だとすると路銀を失って路頭に迷うやもしれませぬ」

伊藤は少々心配になった。

「そのときのために、女房殿に人をやって十両渡してある」

「女房殿は紅藤に秘密を持てるのですな」

「へそくりは女の技であろうよ」

「そうですな」

男がうまく騙《だま》されるから家庭が回るのだろう、と、伊藤も思う。ただ、騙しすぎはいけない。適度に騙すことが大切だ。

筒井がため息をついた。

「そろそろ、女敵討ちを瓦版にすることを規制しなければいけぬな」

「しかし、そうやって庶民の娯楽を規制していくから、裏道を探して新たな刺激を求めるのではありませぬか」

「そうだ。上がおかしな締め付けをするから下もおかしくなる。そう考えると、大岡《おおおか》越前《えちぜん》殿の政策はまこと慧眼《けいがん》といえよう」

八代将軍吉宗《よしむね》によって町奉行に抜擢された大岡越前は、庶民の娯楽が少ないから犯罪が起こるということで江戸に桜を植えた。花見が名物になっているような場所はどこも大岡越前の差配である。

それによって犯罪は大きく減ったのだが、最近の老中は庶民を締め付けることばかり考えているように思えた。

だから、瓦版が女敵討ちを扱うのも、やりすぎないようにしてくれればよいのだ。

「それにしても、紅藤が巻き込まれることを祈るなどと、お伊勢《いせ》参りで神仏に祈願するのと変わらぬな。奉行としては情けない」

筒井が言うと、伊藤は声をあげて笑った。

「江戸町奉行は苛烈《かれつ》な方がいいと老中や目付は思っているようですが、少々お人好しの方が庶民は安心するでしょう。紅藤稲荷《いなり》でけっこうでございます」

「ふふ。紅藤が戻ってきたら狐《きつね》の面でも贈ってやろう」

そう言うと、筒井は引き締まった顔に戻った。

「ところで、最近日本橋《にほんばし》で盗賊が暴れているらしいな」

「は。隠密廻りの笹川《ささがわ》から報告が入っております」

伊藤も気を引き締める。

それから、ふっと月也に思いをはせた。

本当は、事件になど巻き込まれずに湯治を楽しめるとよいのだが、と。

沙耶は、男装をしたまま、小丸提灯《こまるちょうちん》と呼ばれる提灯を持って歩いていた。提灯には「音」という文字が入っている。

月也の方は、萌黄《もえぎ》色の風呂敷に包んだ三味線を背中に背負って、やはり音という字を染め抜いた弓張《ゆみは》り提灯を持っている。

沙耶も月也も、素足に下駄《げた》という様相だ。

「どうだい。普段しない格好だろう」

音吉は上機嫌で二人の後ろを歩く。

「下駄を履《は》くのは久々です」

下駄よりも草鞋《わらじ》のほうがいざというときに速く動けるので普段は草鞋である。なので下駄のからんからんという音が耳に新鮮だ。

「どちらまで行くのですか？」

「永代寺の松本《まつもと》さ」

音吉があたり前のように言った。

「松本にこんな格好で行っていいのか」

月也が思わず口にする。

松本といえば、伊勢屋と並ぶ永代寺の名物料理屋で、二軒をあわせて「二軒茶屋」と称される。八百善《やおぜん》、平清《ひらせい》といった有名料亭ほどではないが、江戸で知らぬ者はない店である。

もちろん値段は相応に張るので、沙耶たちが足を踏み入れられる店ではない。

「今日は特別だから、座敷に通るといい」

音吉に言われたが、月也は後ろに下がった。

「いや、座敷は沙耶だけでよい」

「どうしてですか?」

「気後《きおく》れかい? 月也の旦那」

「そうではない。箱屋の変装をしてここまで来たが、俺はやはり武士なのだ。箱屋として町人に挨拶をするのは少々心にさわる」

「すみません。気がきかなくて」

沙耶は思わず謝った。月也の自尊心に傷をつけたかもしれない。が、月也は気にしたそぶりは見せなかった。

「気にすることではない。別に武士の矜持《きょうじ》というわけではないのだ。同心として出会ったときに、あのときの箱屋ではないか、と思われるのがいやなだけだ」

たしかに、沙耶のように小者というならともかく、同心である月也にはたしかに都合が悪いだろう。

「わかった。じゃあ、沙耶だけ借りていくさ」

沙耶は、座敷にあがるために足袋《たび》を履くと、音吉について座敷に入る。おりんとおたまも一緒である。

「随分お見限りじゃござんせんか。村田屋さん」

音吉が入るとすぐに、少々怒ったような、拗《す》ねたような声を出した。

「音吉姐さんを見限ったのではないのだ。一九《いっく》先生の原稿があがらなくて来られなかったのだよ」

「一九先生？」

沙耶が聞き返すと、村田屋と呼ばれた男は大きく頷いた。

「東海道中膝栗毛という作品を書いた先生なんだけど、なかなか原稿を書いてくれないんですよ。書けば売れるんですがね。なので、若い者を張り付かせて、何枚かたまるたびにもぎ取って木版屋に渡しているんです」

「それって、一日中張り付いているんですか？」

「もちろん。もはや一緒に住んでいるようなものです。そのかわり食事の世話もしっかりさせていますよ」

「すごいですね」

「売れるひとはなかなか原稿があがらないものです。節度を持って原稿もあげて売れるとなると、曲亭馬琴《きょくていばきん》先生くらいですよ。あとの方は、売れないが早いか、売れるけど遅いかです」

「仕事なのだから、時間は守らないといけませんね」

沙耶が言うと、村田屋は大きく笑い声をたてた。

「人間臭い仕事ですからな。仕方ないです」

そして、音吉に向かうと額を叩いた。

「そんなわけで、わたしではなくて先生のせいなんだ。機嫌を直しておくれでないかね」

「そういう事情なら仕方ないね。まあ、今日はこちらも世話になりますから」

「こちらの方が箱根に行くのかい？」

「はい」

「ふーむ。こいつは別嬪《べっぴん》だねえ。いや、若衆のような風情もいい。まるで読本《よみほん》のために生まれたような人じゃあないか」

まるで悪意なく褒《ほ》められて、沙耶は思わず頭を下げた。

「ありがとうございます」

「なんでも相談しておくれ。ところで、お武家さんかい？」

「はい」

「ますますいいね。土産話を頼むよ」

そう言うと、村田屋は旅のことをあれこれと教えてくれた。

武士にとって、旅で一番の問題は刀の扱いである。いつ雨が降るかわからないのもあって、柄袋《つかぶくろ》でしっかりと覆うことになる。

慣れていない人間が旅をすると、とにかく荷物が多くなる。コツとしては、多めの荷物を持っていたら、宿場町でどんどん自宅に送って軽くすることだ。

江戸から箱根のような道筋だと、荷物を送ってくれる人足《にんそく》がいて、土産物でもなんでも江戸の家まで送ってくれる。

荷物を持つ人足を連れて歩く場合でない限りはそう多くの荷物は持てないから、宿場町で荷物を送れるのは助かるといえた。

こまごまとした指示を受け取ると、沙耶はあらためて礼を言った。

「いやいや。それならばお酌《しゃく》をしておくれでないかい」

「あら。あたしよりも沙耶のお酌がいいんですね」

「音吉姐さんにはまた頼むよ」

「じゃあ、お酌しますね」

言いながら、沙耶は村田屋に酌をした。

「お酌の礼をしないといけませんね」

村田屋がさらさらとなにかを書きつける。

「これでいい人足が荷物を運んでくれるようになりますよ。旅をするときは荷物は人足に持たせた方がいい。自分で持って旅をすると疲れてしまいます。ただ、タチの悪い連中も多いからね。品川に着いたら、安達屋《あだちや》という店でこの紙を見せるといい。移動する距離にもよりますが大体宿場町間を四十七文でいい人足がついてくれる」

「ありがとうございます」

どんなことをするにも、安心できる手伝いのひとがいてくれるのがなによりも大切だ。沙耶は素直に好意に甘えることにした。

松本を辞すると、沙耶は音吉に丁寧に礼を言った。

「気にするなって。沙耶とあたしの仲じゃないか」

家に戻ると、翌日から素早くあちらこちらに挨拶をして、ちょうど彼岸の頃に沙耶と月也は湯治へと旅立つことになったのだった。

「夫婦水入らずで湯治というのは、ありがたいことだな」

月也が言うのに、沙耶も頷いた。

「祝言《しゅうげん》も地味なものでしたから、二人での旅は楽しいです」

「そうだな」

月也が少し顔を赤くした。

「あ、そういう意味ではないのですが」

沙耶も赤くなった。

が、荷物の中には、牡丹がくれたさまざまな花の砂糖漬けが旅の気持ちを盛りあげるために詰めてある。

あらためて二人きりの気分を味わう旅になりそうだ。

沙耶はうきうきとそう思ったのだった。

品川の宿は他の宿場町に比べても格段に人が多い。入ってくる人数も出ていく人数も他の宿場の倍もある。

沙耶は品川には来たことがない。風烈廻りにとっては宿場町はあまり縁がないのである。

早朝にも拘《かかわ》らず、人込みのせいで空気が暖かい。朝七つ（午前四時）になろうとしているあたりで、日はまだ昇っていない。

しかし、品川はもう昼のような様相だ。

宿や人足もそうだが、あちこちで屋台が出ている。

門前町なども朝から屋台がいないわけではないが、品川は別格といってもいいほど朝が賑やかだ。

「面白いな。なにか食べるか？」

月也が言う。蕎麦屋も出ているが、握り飯の店が多く並んでいた。

「お握りのお店が多いですね」

「多めに買って旅の途中で食べることもできるからだろう」

江戸であれば、なにか食べようと思ったときに店で困ることはない。が、旅の際は道端で食事をとることも多いだろう。箱根まで屋台が並んでいるとも思えないからだ。

「ここで食べよう」

月也はそういうと、あたりを見回した。同じ屋台でも、行列ができている店とそうではない店がある。

評判が大切なのは屋台でも同じことだ。

「あの、一番空《す》いている屋台にしよう」

月也がためらわずに屋台に向かう。

「混んでる店ではなくて平気なのですか？」

「ああ。一番空いている店は案外いいのだ」

「不安ではないですか？　美味しくないのかもしれませんよ」

沙耶が言うと、月也は大きく口を開けて笑った。

「みなそう思う。だがな、沙耶、店の人間が一番そう思っているのだ」

「そうですか？」

「考えてもみろ。屋台が多い中で自分の店だけ群を抜いて空いていたら、まずは出している料理がまずいということを疑うだろう。その結果工夫していい料理を出すようになる。ただ、評判になるまでは売れないから、その間は美味くて空いている店ができるのだ」

「でも、どうやって見分けるのですか？」

「客の顔だ。あの店の客は少々驚いた様子を見せた。期待しなかったが美味かったのに違いない」

月也は客の顔までしっかりと観察していたらしい。そういうところはやはり同心なのだと感心する。

月也について握り飯の店に行く。

「いらっしゃい」

屋台の主人が笑顔を見せた。屋台の前には握り飯がいくつも並んでいた。他の屋台に比べて小ぶりな握り飯である。

通常握り飯は大人の男の握りこぶしほどもあるのだが、この店は半分くらいである。だとすると、割高なのかもしれない。

しかし沙耶にとってはありがたい大きさだった。

「小さいな」

月也が不満そうに言った。

「一個分を二個に分けてるだけですからね。値段からすると小さくねえですよ」

店主が言う。たしかに一個の値段は二文であった。

「口の中に放り込んで歩くのに便利ですぜ」

「たしかにそうだな」

言いながら、月也は口の中に放り込んだ。

そうして、沙耶にも一個渡す。握り飯の中は細かく刻んだ沢庵《たくあん》だった。普通よりも塩けが多いのは、旅用だからだろう。

「ごちそうさん」

月也はそう言うと店をあとにした。

「お昼は買わないんですか？」

「なに、きっと街道にいい店がある。そこで食べよう」

月也は能天気に言う。

「それにしても、品川は賑やかだな」

月也が感心したようにあたりを眺めた。

深川も賑やかだと思っていたが、まったく違う騒がしさだ。品川は日本橋を起点にしてちょうど二里。ここから川崎《かわさき》に向かうときに、まず人足が必要だ。

村田屋が言っていた安達屋はすぐ見つかった。荒くれた人足たちがずらりとそろっている。

腕や胸に刺青《いれずみ》が入っていて、蜘蛛《くも》やら龍やら虎が肌の上で躍っていた。顔つきも鋭くて、はっきり言って盗賊よりもこちらの方が怖いといえた。

「すまないが、主人はいるか？」

月也が男たちの一人に声をかけると、案外気さくな笑顔を見せた。

「仕事ですかい。ならこっちです」

案内された先には、安達屋の主人がいた。荒くれ男を束ねているわりには優男《やさおとこ》で、年齢もまだ若い。三十路《みそじ》には達していないようだ。

村田屋からもらった書付を見せると、笑顔で頷いた。

「わかりました。いい人足がいますよ」

村田屋は奥に入ると、二人の人足を連れて戻ってきた。

「こんにちは」

人足というには二人ともまるで役者のようである。といっても体には無駄な肉はまるでついていないように見えた。問題なのは、褌《ふんどし》以外は身に着けていないことくらいだろうか。

「千代吉《ちよきち》です。はじめまして」

「春吉《はるきち》です。よろしく」

千代吉の肌の上には青い色の蝶《ちょう》が飛び回っている。春吉の方は、真っ赤な牡丹が肌の上に咲き乱れている。もはや刺青が服の代わりになっているといってもいい。

「寒くないんですか？」

「全然平気ですよ」

安達屋が脇から口をはさんだ。

「あまり荒くれた連中だと怖いでしょうから」

「ありがとうございます」

たしかに、化粧すれば女といっても通用しそうな顔立ちであった。刺青が不思議な違和感を持っていたが、よく見ると似合っているともいえた。

「こいつらはこう見えてなかなか役立ちますよ。本来はもう少し多くの客の荷物を運ぶんだが、村田屋さんの紹介だ。お二人につけますよ」

「助かります」

「どちらまでですか？」

「箱根です」

「それなら二人は相当役立ちますよ。箱根までの道筋にはタチの悪い人足も多いですからね。どうです。まとめて買い切っちまっては」

「おいくらなんですか？」

「一人六百三十文ですね」

箱根まで荷物を運ぶ金額としては決して高くはない。

「道案内も兼ねますから。お得ですよ」

安達屋に言われて二人に頼むことにした。

「じゃあ荷物を預かります」

沙耶たちはできるだけ荷物を軽くしてはいたが、着替えもあるし、こまごまとした雑貨を含めると自分たちで持って箱根に行くのは大変だ。

人足の二人は、人間が乗る駕籠《かご》のようなものを下げてやってきた。どうやら人間の代わりに荷物を駕籠に載せるらしい。

「馬ならから尻ってところでさあ」

「それはなんですか？」

「人間が馬に乗らずに、荷物を載せることを言うんです」

旅の決まり事はまるでわからない。とにかく二人に従おうと決めた。

「なにもわからないのでよろしくお願いします」

沙耶が言うと、千代吉の方が大きな声で笑いだした。

「駄目ですよ。そんなこと言っては。鴨《かも》が歩いていると思われます。箱根なんてもう百回も行ってるって顔をしてくださいよ」

「そうなんですか？」

「そうですよ。旅っていうのはね。旅人の懐を狙う悪い奴との戦いみたいなものですからね」

「箱根に行くまでに鬼が出そうですね」

「たまに出ますよ」

そういって笑ったが、二人とも沙耶と月也に干渉する気はあまりないようだった。

黙って荷物を持って前を歩く。

後ろではなくて前を歩くのは道案内のつもりかもしれない。

高輪《たかなわ》を出て東海道を歩く。季節は暖かで、人通りも多いから危ない感じもしなかった。

「こんなにのんびりと歩くことはそうはないな」

月也がゆったりと言う。

「そうですね」

相槌《あいづち》をうちながら歩いていくと、道の両側に榎《えのき》が生えているのが見えた。どうやら一里塚のようである。

「沙耶、一里塚だ。江戸府内で見るのとは趣が違うな」

東海道の両脇に、大きな榎が立っている。榎の下は休憩所になっていて、麦湯売りの屋台が出ていた。

一里塚は、五間《けん》四方の土地にたいてい大木を植えてある。道の両側に「男塚《おとこづか》」と「女塚《おんなづか》」がひとつずつあって、どうあっても見落とさないようにしてある。

今日どこに泊まるのかも含めての指標になるから、見落とすと大事になるのだ。

一里塚の下には麦湯売りのほかに、団子屋が出ている。

「団子を食べないか。沙耶」

「もうお腹がすいたんですか？」

「そうではないが、品川を出て初めての一里塚だろう。記念として食べたいではないか」

言いながら、気持ちは団子に行っているようだ。

江戸から出ると団子の味は変わるのか、沙耶も興味がある。前を行く二人に声をかけた。

「一里塚で団子を食べたいのだけれど、どの店がいいのかしら」

近づいてくると、男塚のほうにも女塚の方にも団子屋がある。しかも一軒ではなくて、何軒も軒を連ねていた。

「甘いのがいいですかい。辛いのがいいですかい」

春吉が声をかけてきた。

「辛い方がいいな」

月也が沙耶の方をちらりと見た。あまり辛すぎるのは沙耶には厳しいが、ここは月也に合わせておこう。

「では辛い方で」

「まあ、両方食べられるようにしますよ」

春吉が言うと、男塚の方に向かっていく。

男塚につくと、一軒の団子屋に入った。

「二人だよ。二人」

春吉が言うと、店主が春吉に心づけを渡した。どうやら、春吉に人足を頼むとこの団子屋に連れてこられるらしい。

「ここは本当に美味しいんですよ」

春吉が照れたように笑った。千代吉が春吉の頭をひっぱたく。

「目の前でやるなよ」

「すまねえ」

「大丈夫ですよ。信じています」

たしかに店と話はしているかもしれないが、不味《まず》い店に連れていっていたら噂になってしまうだろう。

月也はさっさと腰をかけた。

「なんでもいいから団子をくれ。辛いのがあるのだろう」

「かしこまりました。若衆さんはいかがいたしますか？」

「甘い方がいいです」

「ではいろいろ取り揃えますね」

店の主人が、団子を四本持ってきた。全部種類が違うようだ。ひと串に四個ずついているからけっこうな量である。

大根おろしがかかったもの、餡子《あんこ》を載せたもの、きな粉をまぶしたもの。そして焼き味噌を塗《ぬ》ったものである。

沙耶はきな粉をまぶしたものを手にとった。月也は焼き味噌を塗ったものを手にとる。

一口食べると、なんと団子が温かい。甘いことよりも、温かいことにびっくりした。

「温かいんですね」

「旅してるとさ。自分で思うよりも体が冷えてるんです。だからうちは出す前に温めてから出してるんですよ」

店の主人が笑顔で言った。

「この焼き味噌はすごいぞ。沙耶。薬研堀《やげんぼり》が塗り込んであってびりびりする」

月也が楽しそうに言った。

どうやら、なかなか辛いらしい。

「わたしはひとつだけでいいです。びりびりするのは」

沙耶がそう返す。

月也はかなり気に入ったらしい。

きな粉の団子を半分食べて皿に置いたとき、一組の男女が目の端に入った。沙耶たちと同じ旅姿だが、あちらは町人姿である。

ただ、どうも女性の方は武家の者なのではないかという気がした。武家の人間は町人に比べると姿勢が良いことが多い。物腰でなんとなくわかるのである。男の方は刀を差して暮らしていた様子がないから、本物の町人だろう。

町人の男と武家の娘が品川からの一里塚でそろっているというのは、もしや駆け落ちではないかと思う。

そうは言っても、いきなり「駆け落ちですか」と聞くのも無礼である。恐らく同じ方向だろうから、それとなく注意してみようと思った。

「月也さん」

「どうした」

「気づかれないように見ていただきたいのですが、あちらに男女がいるでしょう」

「おお。いるな」

「駆け落ちではないかと思うのです」

「なに。それは大変だな。力になってやろう」

月也があっさりと言う。

「そう簡単に力になれるものではないでしょう」

「なぜだ？　困っているのだろう」

どうして力を貸せないのか、月也にはよくわからないらしい。

「困っているからといって簡単に手は貸せないでしょう」

「なぜだ」

月也がもう一度訊《き》いてきた。

あらためて聞かれると沙耶としても困ってしまう。駆け落ちというのは、普通に発生するものではない。普通では結ばれる状態ではないから逃げるわけだ。

たとえば町人と武家の人間の恋ということになると、身分に差があるからどうにもならない。

町人の方が金持ちで、武家の方が下級武士の家なら金の力でなんとかなるかもしれないが、普通では無理である。

もし、娘の方に許嫁《いいなずけ》でもいればますます難しい。もちろん恋心はわかるが、周りにも迷惑をかける行為だけに、一方的な事情で助けるわけにはいかない。

「訳ありといっても、訳を聞かないで力を貸すわけにもいかないでしょう。少し様子を見てみましょう」

沙耶が言うと、月也は頷いてから、にやりと笑った。

「どうだ。俺たちも駆け落ち旅ということにしてみないか」

「どういうことですか？」

「俺と沙耶が、道ならぬ恋をして駆け落ちしているという気持ちで旅をするのだ。なかなか楽しいと思わないか」

「わたしは普通に夫婦《めおと》旅でいいと思います。なぜ駆け落ちがいいのですか」

「うーん。なぜ、というかな」

月也は少し考え込んだ。どうやら、考えなしに言ったのではないようだ。

「いい夫婦、というのは、お互いに愛し合っているだろう？」

「はい」

「だが駆け落ちは、お互いに恋をし合ってるじゃないか。愛が恋より劣るわけではないが、情熱は恋の方があるだろう」

「ええ」

「俺はな。この旅の間沙耶に恋していたいと思っているのだ」

月也に真顔で言われて、沙耶はどきりとした。

旅の間恋をしよう。

正面から言われると、恥ずかしくてどう対応していいのかわからない。しかし、嬉しい言葉ではある。

月也が沙耶に「恋しよう」と思ってくれているということだ。

自分はどうだろう、と思って沙耶は顔が熱くなるのを感じた。いまさら恋心というのを意識したことはない。が、道中恋をするのは悪くない。

「駆け落ちも悪くないですね」

思わず声がうわずってしまう。

「だろう? もう二度と沙耶と駆け落ちする機会などはないと思うのだ」

二度もなにも、駆け落ちすることはたしかにないだろう。もう夫婦としてやっているわけだからなんの問題もない。

「では、どういう駆け落ちにいたしましょう」

沙耶は男装しているから、駆け落ちのための変装と言えなくもない。どうせなら貧乏よりはやや裕福な設定の方が楽しいだろう。格好は武家だから、町人ではなく武家同士の駆け落ちのほうがよさそうだった。

　そこまで考えて、沙耶はふと思った。いくらなんでも、結婚前の駆け落ちという設定には若さが足りないかもしれない。沙耶の年齢なら武家の人間はたいてい結婚しているからだ。

「月也さんがわたしを夫から奪い取ったというのはどうですか」

「それはいやだな」

　月也が即座に答えた。

「沙耶が誰かに取られるというのは考えるだけでいやだ」

「では、道々考えましょう。まだ旅は始まったばかりですよ」

　団子を食べ終わると、沙耶は団子屋の男女を気にしつつも店を出た。

　月也に恋しながら旅をするというのは、具体的にどうしたらいいのだろう。考えていると、月也が自然に左手を差し出してきた。

　握り返すと沙耶よりも温かい手の温度が伝わってくる。

　いい旅になりそうだ。

　そう思いながら、沙耶は力強く足を踏み出した。

　が。

東海道はしっかりとした道ではあるが、江戸の中を歩くのとは違う。沙耶の穿《は》いている野袴《のばかま》は普段より歩きやすいが、どうにも疲れてくる。

品川から川崎、そして神奈川《かながわ》へと向かう。

「今夜は神奈川で泊まるか？　程《ほど》ヶ谷《や》まで行くか？」

月也に聞かれて少し考える。いい加減疲れているから神奈川で泊まる方が楽な気もした。

だが、駆け落ちなら少しでも先を急ぎたいに違いない。沙耶が気にしている二人も程ヶ谷までは頑張る気がした。

「駆け落ちですから。程ヶ谷までは行きましょう」

「そうか。駆け落ちだからな」

月也はどう思ったのか、上機嫌な様子である。それでも足を速めることはせずに、沙耶に合わせて歩いてくれる。

本当に駆け落ちをしている人の気持ちはどのようなものなのだろう。

そう考えながら、川崎にたどり着いた。

「お参りはしますかい？」

不意に春吉が言った。

「お参り？」

「川崎大師《だいし》ですよ。神奈川で泊まるなら寄り道するのもいいでしょう。もう少し足を延ばすなら、帰り道でお参りする方がいいです」

「どうしますか？」

月也に聞くと、月也はあっさりと首を横に振った。

「お参りはいい。先に行こう」

月也はお参りには興味がないようだった。

そういえば月也は、初詣《はつもうで》には行くが、それ以外あまりお参りはしない。沙耶はなんとなくあちこちの稲荷で手を合わせるが、月也がしているのは見ない。

「お参りは好きではないのですか？」

「そうではないが、したくないのだ」

「なぜですか？」

「神仏に手を合わせずに頑張りたいからな」

どうやら、お参りしないのは月也の意地らしい。あくまで自分の力で頑張りたいと思っているようだ。

「昔からお参りしなかったですものね」

「そうだ」

ぼんくらと言われていたときから意地は張っていたのか、と思う。沙耶にも語ったことのないことであった。

男の意地というのは大変だ、と思いつつ、なんだか微笑《ほほえ》ましい。

「今日は予定通り程ヶ谷に泊まりましょう」

「そうだな」

川崎大師を無視して、程ヶ谷まで歩くことにした。

川崎を通りすぎたあたりから、子供の姿が増える。十歳前後の少年たちが、五人くらいのかたまりで歩いている。

「ここからは子供に気をつけてください。特に旦那は」

千代吉が少々厳しい声を出した。

「子供とはなんだ？」

「抜け参りってやつですよ。道中人の懐で伊勢まで行こうって企《たくら》みです」

「信心《しんじん》のためにに行くのではないの？」

沙耶は思わず訊いた。

「そういう人もたしかにいますけどね。でも世の中信心だけでできてるわけでもねえですから。信心にかこつけてうまいこと甘い汁を吸いたい奴もいるんですよ」

言ってから、千代吉は笑い声をあげた。

「もっともあっしらなんかも、お伊勢参りに行く人たちの荷物を運んで暮らしてるから人のことは言えませんね」

東海道は、一里塚ごとに簡単な茶店が並ぶ。宿場町と宿場町の間は、一里塚以外は閑静なものだ。

旅装姿の旅人がかなりの数いる。ほとんどが男性だが、ちらほらと女性の姿もある。武士と町人は半々というところだろうか。

「思ったよりも武士が多いのですね」

「武士は公務が多いからな」

月也が頷く。

たしかに、大名の江戸屋敷と地元を往復する用事が多いから、武士は旅が多い。町人の方は反対に、湯治だったりお参りだったりという様相だ。

「わたしたちはどのように見えるのでしょうか」

「どうだろう。伊勢参りに見えるのではないか？」

月也が答える。

話しているうちに、一人の子供が月也に近寄ってきた。

「餅《もち》を一つ買っておくれな。腹が減って死にそうなんだ」

注意されたばかりなのに、月也があっという間にその気になる。

「お前はどこから来たのだ？」

「奥州信夫郡《おうしゅうしのぶごおり》の幡山《はたやま》村だよ。長松《ちょうまつ》っていうんだ」

「そんなに腹が減ってるのか？」

「朝からなにも食べてない。五文の餅を一つ買っておくれよ」

月也が沙耶を見る。餅の一つくらいならいいか、と沙耶は頷いた。

「餅はどこで買えるのだ？」

「あっちだよ。案内する」

子供が月也の手を引いて歩き始めた。

「子供を散らしたいときはあっしらに言ってくださいね」

春吉が沙耶に言う。といっても、相手は十歳ほどの子供だ。大したことが起こりそうには思えなかった。

月也が手を引かれて行った先には一軒の屋台がある。なんということもなく子供に餅を買い与える。

子供は素直に礼を言っているようだった。

月也が屋台をあとにしようとしたとき。どこからか子供が四人現れた。どうやら月也に餅をたかっているらしい。

月也はいやな顔ひとつせずに子供に餅を買ってやっている。

「これからですよ。御新造さん」

子供が月也から餅を受け取ると、すぐに次の子供が来た。気がつくと、月也に向かって子供たちが三々五々集まってきている。

「これが掏摸《すり》よりタチが悪い子供の抜け参りですよ」

たしかに、一人あたりは五文でも、何十人もいるとなると困ってしまう。

「それにしても大した旦那ですね。まったく動じてないですよ」

月也は、笑顔で子供たちに餅を配っている。子供たちに身の上を聞かされて同情しているに違いない。

「どうしますか？　御新造さん。止めますか？」

「そのうち屋台の餅が切れるでしょう」

「え。そちらですか？」

春吉が目を丸くした。

「月也さんはああなったら懐のお金が尽きるまで餅を買うでしょう。止めたところで意味はありません」

「これはまた、珍しい人ですね」

春吉が感心したように唸った。たしかにそうだろう。普通、何十人もの子供に餅をねだられて全部応えるということはまずない。

だが、それが月也のいいところなのだ。

しばらく見ていると、案の定餅の方が尽きた。月也は隣の屋台の団子屋まで声をかけた。あたりの店のものを買い占めて子供に配っていく。それもなくなると子供たちは素直に解散していった。

「これはあきれたお人好しですね」

千代吉が感心した。

「そういう人なんです」

「きっとご利益《りやく》がありますよ。神仏を拝むことより、旦那の器にね」

春吉がくすりと笑った。

「器ですか？」

「貧乏くじを何度も引くひとは馬鹿ですけどね。ずっと貧乏くじを引き続けられるひとは器が大きいんだ。いつかきっとその大きな器に運の水が満ちますよ」

「そうですね」

沙耶も頷いた。会ったばかりの人足が案外月也のことをしっかりと見定めてくれたようで嬉しい。

月也が、不満そうな顔で戻ってきた。

「餅が尽きたぞ、まだ腹を減らしている連中がいるのに」

「いいではありませんか。月也さんの好意は伝わったようですよ」

子供たちは、餅や団子を半分にして分け合っている。お互い助け合って旅をしているには違いないようだ。

「いい子たちじゃないか」

月也が嬉しそうに言った。

「そうですね。でも、路銀はどうしているんでしょう」

「あいつらは路銀なんて持ってないですよ」

千代吉が肩をすくめた。

「路銀なしでどうやって伊勢まで行くのですか？」

「うーん。なんだかんだで路銀がない連中を助ける人が多いですからね。宿は野宿にしても、食べ物はもらえます」

「危険なことはないのでしょうか」

「路銀のない連中を襲ってどうするんですか？」

たしかにそうだ。無一文というのはむしろ安全なのかもしれない。月也のように餅を渡す人々も多いのだろう。

「これから毎日子供が集まってくるのかしら」

沙耶がふと口にすると、春吉も千代吉も首を横に振った。

「それはないです。大人と違って節度をわきまえてますからね。何度もたかるようなことはしないですよ」

「大人の方が節度がないんですね」

「ええ。残念ですが」

川崎を越えて神奈川の宿場につく頃には、日が暮れてくる。程ケ谷に行こうと決めはしたが、このままゆったり神奈川で泊まることも、考えてもいいかもしれない。

「どちらがいいですか？」

沙耶が尋ねると、二人は顔を見合わせた。

「どうでしょう。宿場町としては神奈川と戸塚《とつか》はかなり栄えてます。ただ、宿がいっぱいになることも多いから、程ヶ谷の方が泊まりやすいかもしれません」

「では、やはり程ヶ谷にしましょう」

方針を固めると、沙耶は月也と並んで歩きはじめた。

そろそろ足も痛くなってきている。普段からよく歩くとはいえ、月也ほどは丈夫にできていない。

日が暮れきるころ、程ヶ谷にたどり着いた。

程ヶ谷は、雑然としてはいるが活気のある感じがした。町全体になんとなく魚の香りが満ちている気がする。

「魚の匂いがします」

沙耶が言うと、春吉が胸を張った。

「このあたりは魚が美味いんですよ。神奈川の湊《みなと》から運んできますからね。神奈川や戸塚の宿も魚は美味いが、程ヶ谷はまた格別です。帷子川《かたびらがわ》でとれたハヤなんかも美味いですよ」

「それはいいな」

月也が嬉しそうに言う。

程ヶ谷は品川に比べると大分小ぶりな宿場町で、宿屋なども小さなところが多い印象だ。それなのに人が多いから、なんだか屋台に人が群がっているように見える。

「じゃ、あっしらは朝には町の出口にいますから」

春吉と千代吉が去って行こうとした。

「宿が必要でしょう」

「あっしらはそこらで寝ますよ」

「寒くないのですか？」

沙耶が心配すると、春吉が笑った。

「平気ですよ。酒もあるしね。それに、御新造さんたちと違って元気の出るものを食べますから、夜空の下でも平気です」

それだけ言うと行ってしまう。

元気の出るものとはなんだろう、と思いつつ、宿を探すことにした。

雑然とした宿場町に足を踏み入れると、いきなり右手を摑まれた。

「お泊まりかえ！」

派手な化粧の遊女である。二人いて、問答無用で月也と沙耶の袖《そで》を摑んできた。

女たちの顔は真っ白で、まるで壁だ。化粧というよりも面でもかぶっているようである。白粉《おしろい》の匂いがかなりきつい。

腕の力も強くて、捕まれた腕の部分が痣《あざ》になりそうだ。

「腕がもげてしまいます」

「もげてもいいからお泊まりなさい」

女は笑顔のまま、沙耶を宿のほうにひっぱろうとする。

「わたしは女ですから」

「あたしは女でもかまいません」

声をふりしぼると、女はそれでも食い下がった。

「わたしがかまいます」

「駆け落ちなのです」

言ってから、沙耶はなんとか腕を振りほどいた。月也にしがみつく。

そういうと、やっと女の動きが止まった。

「駆け落ちかえ」

「はい」

沙耶が答えると、女は月也の方を見た。

「その殿方は誠《まこと》の心をお持ちかえ」

「はい」

答えると、女は手を離した。

「しかたがない。この先の紅玉楼《こうぎょくろう》という宿で駆け落ちだと名乗るといい」

「わかりました」

沙耶は答えたが、駆け落ちと言うだけでなぜ態度が変わるのだろう。とにかく宿を紹介してくれるのは嬉しいから、従うことにする。

「お名前をうかがってもいいですか？」

「こんなところで名前なんて意味ないけどね。ここじゃあ松《まつ》で通ってるよ」

「ありがとうございます」

礼を言うと、沙耶は月也と宿屋に向かった。

「駆け落ちと関係ある宿とは、特別な宿なのかもしれないな」

月也が能天気な表情で言った。沙耶は頷いたが、どうも釈然としない。もしかして、あの松というひとは駆け落ちに失敗したのかもしれない。男が逃げて、自分だけ取り残されたのだろうか。

紅玉楼は、仰々《ぎょうぎょう》しい名前だがただの民家のようであった。しかし宿というからには泊まれるのだろう。

中に入ると、一里塚で気になった男女の連れが先に入って帳場にいた。ここにいるということは、やはり駆け落ちなのだろうか。

気になりながらも、声をかけるのはためらわれた。訳ありだったら申し訳ないとも思う。

月也と二人でとりあえず部屋に入る。部屋は十二畳ほどで、先の二人組も同じ部屋にいた。どうやら相部屋らしい。

二人がお辞儀をしてきたので、挨拶を返す。

「俺たちは駆け落ちでな。よろしく頼む」

月也が堂々と胸を張った。

「あ。はい」

相手の男がびっくりしたような表情になって頭を下げた。

「駄目ですよ。そんなに堂々としては。駆け落ちはこっそりとやるものです」

「なにを言う。事情はどうであれ、お互い好きだから駆け落ちするのだ。恥じることがなければ胸を張ればよい」

月也は、駆け落ちというものをわかっていないのではないかと思う。胸を張れないから駆け落ちするのだ。

相手によくない刺激を与えたのではないかと思わず二人を見る。

「お二人はお武家様なのですか？」

男の方が声をかけてくる。

「ああ。訳ありで夫婦になるのを反対されたから脱藩してきた」

「どちらから？」

「川越藩《かわごえはん》だ。武家といっても下級武士だから芋《いも》ばかり食べているがな」

川越といえばまずは芋である。江戸の中心から十三里の場所に位置するので、「九《く》里《り》四《よ》里《り》（栗より）美味い十三里」と言って芋を売っている。

産地のせいもあって、川越藩の武士は芋が好きだ。ただ、江戸から近いだけに、相手も同じ川越ということもあり得る。注意は必要だった。

「そちらはどちらからなのですか？」

沙耶が笑顔で聞いた。

「忍藩《おし》です。最近藩主が替わりまして。ごたごたしているわけではないのですがうちの店には少々風向きが悪いのです」

武士にとっては藩主が替わるというのは一大事である。藩内の勢力図が大きく変わるからだ。新しい藩主が連れてくる御用商人もいるし、家臣もいる。

沙耶たちのように徳川家に仕えているなら藩主が替わる心配はないのだが、そうでなければいろいろ苦労が多い。

「わたしは忍藩で足袋問屋を営んでおります萩屋《はぎや》七兵衛《しちべえ》と申します。こちらは忍藩の徒目付《かちめつけ》、沢田《さわだ》蔵人《くろうど》様の次女小雪《こゆき》様でございます」

萩屋と名乗った男は丁寧に頭を下げた。

「駆け落ちか？」

月也が無遠慮に聞いた。

「左様でございます」

「力になれるやもしれぬ。事情を聞こう」

月也はそう言ったが、力になるのはどう考えても無理である。町人が武家の、しかも徒目付の娘を連れて逃げるというのは、事実としてかなり重い。

徒目付は、報酬は年二百俵程度。有能な者を選んで据えることが多いから藩にとっては重要な立場である。

その娘を町人にさらわれたとあっては、面子《メンツ》の立てどころがない。

かならずや身内から追手《おって》がかかって、萩屋を斬《き》って小雪を連れ帰ろうとするに違いない。力になるということは、忍藩からの追手を斬り捨てるということになる。

表沙汰になれば月也は間違いなく切腹である。

湯治に来て切腹とは。沙耶は気絶しそうだった。それなら月也と銭湯にでも行ったほうがずっとましである。

かといって、見捨てましょう、と口をはさむこともできない。

沙耶が困っていると、襖《ふすま》が開いて、宿の女中が夕食を持ってきた。

「さあさあ。なにもないけど飯は美味いよ」

言いながら、女中は膳《ぜん》を並べていく。萩屋たちと膳をはさんで向かい合う形になった。相手はやや気まずそうだが、月也はまったく気にしていないようだ。

月也からすると、一緒に膳を並べることが気まずいという考えはないのだろう。

「お二人にはお酒もつけておいたからね。松ちゃんからのご祝儀さ」

どうやらさっきの遊女がご祝儀をくれたらしい。

「おかわりもどうぞ。二本目からはただじゃないけどね」

女中が大口を開けて笑う。

「この部屋には女はいらないね。それとも追加で女が欲しいかい？」

「いや、いい」

月也は首を横に振ると、膳を見た。

「ほう。これはなかなかいいな」

膳の上には、一汁三菜が載っていた。味噌汁は切り干し大根を具にしている。焼き豆腐に味噌をかけたものが一品。焼き豆腐には筍が添えてあって、むしろ筍の方が存在感がある。

寒天《かんてん》に浅蜊《あさり》を載せて、酢醤油をかけたもの。そして帷子川で取れたらしいハヤを塩焼きにしたものであった。

ハヤはかなり大きくて、腹の中に卵を抱えていた。炭火でじっくり炙《あぶ》って塩を振ってあり、太った腹を沙耶の方に見せていた。

どれから箸《はし》をつけるべきか迷ってしまうが、まず寒天に手をつける。家では寒天を食卓に出すことがないから、興味があった。

寒天の酢醤油は、浅蜊の出汁《だし》で醤油を割り酢を混ぜてあるようだ。上には辛すぎない程度に辛子が塗ってあった。

かすかにぴりりとした香りが立つくらいの量である。

寒天には味がないから、かけるたれの味がすべてだ。この宿の寒天はだいたいにおいて塩梅《あんばい》がいい。ただ、沙耶ならただの酢ではなくて梅酢を使うかもしれない。

この寒天には飯よりも酒だろう。

「美味いな、これは」

月也も寒天を口に入れると、酒の方に手を伸ばした。それから、萩屋と小雪に一杯ずつ酒をすすめる。

「あ……え」

萩屋がどうしよう、という表情になった。町人が、たとえ宿といえども武士に酌をしてもらうことに気後れしたに違いない。

それでも月也の笑顔に押されるように盃《さかずき》を受ける。

「では失礼ながら」

小雪が、月也と沙耶に酌をする。徒目付というと月也より位が上だ。この場においては小雪が一番上の身分ということになる。

が、月也はそれも気にしていないようだった。

上役の顔色をうかがうようなことがまったくできない月也らしいふるまいだ。

あっという間に酒が空になる。

沙耶が帳場に行くと、先ほどの松が帳場の者と談笑していた。

「あら、酒かえ？　お酌はいるかえ？」

一瞬断ろうかと思ったが、なんとなく松のことが気になる。

「お酌していただいていいですか？」

月也と沙耶が酌をすると相手に余計な気を使わせそうだった。それに松なら場をなごませてくれるかもしれない。少し会話しただけだが、沙耶としては好感を持てるものがあった。

「では、お酒を持って呼ばれます！」

勢いよく言う松に酒をまかせて座敷に戻った。

「戻りました」

部屋に戻ると、月也が真剣な表情で話に聞き入っている。

これは〝切腹の巻〟になるかもしれない。

そう思いながら腰をおろした。

「おい、沙耶。この人たちはいい人たちだぞ」

どんな人たちだっていい人に見える月也だ。事情があって駆け落ちしている二人がいい人に見えないわけがない。たとえ萩屋が人さらいだったとしてもいい人だと主張しそうだった。

とはいえ、沙耶も二人の身の上には興味があった。武家の、しかも徒目付の娘が駆け落ちというからには、相当な覚悟があるに違いない。

「お話をうかがってもいいですか？」

沙耶の言葉に、小雪が頷いた。

「じつは、兄の出世のために嫁に行けと言われたのです」

「どういうことですか？」

「はい。三年前に藩主様が替わられて、父はともかく、兄の立身には暗雲が垂《た》れ込めました。ところが、藩主様の側近のある方がわたくしを気に入って、息子の嫁に迎えたいとおっしゃったのです」

「どんな方なの？」

「眉目秀麗《びもくしゅうれい》を絵に描いたような方なのですが、心が冷たいのです。わたくしを道具を見るような目で見つめるのです」

「それはけしからんな」

月也が身を乗り出すようにして頷いた。小雪は、いかにもはかなげな風情で、風に吹かれるだけで倒れそうな様子である。

忍藩から何日かけてここに着いたのかは知らないが、行く当てもない身としては不安だろう。

「追手をどうまきましょう？」

沙耶は単刀直入に聞いた。まずはそこが一番大切である。追手がいないならゆったりと旅すればいいが、追手がかかっているならまかなければいけない。

どんなに優秀な追手でも、追う方は時間がかかる。逃げる身としては、隠れてやり過ごすのが一番安全だ。つまり、宿場町があるたびに追手は詳しく調べなければならないため、時間がかかるのだ。

とはいっても相手は頑強な男だろう。女連れではそのうち追いつかれるには違いない。

「追手の足は速いと思います」

小雪がきっぱりと言った。

「説明すればわかってくれるのではないか」

「そんな甘い兄ではありません」

たしかに、武家の意地というものは兄妹の情よりも強いだろう。

「お待ちどおさま！」

松が、酒を持って入ってきた。温めた銚子《ちょうし》が五本ある。松の分も含めてということろだ。

松が、全員に酒をついでくれる。

萩屋と小雪は、松が現れたことに少し気まずい様子だった。

「あんたたちも駆け落ちかい？」

松が遠慮なく言う。

小雪が目を伏せた。萩屋がやや怒ったような表情を見せる。

「少々無礼ではないですか？」

萩屋が言うと、松はまっすぐに萩屋を見た。

「無礼かもしれないけど大切なことですえ。命にかかわります。駆け落ちといってもいろいろありますから」

たしかにそうだ、と沙耶も思う。単なる駆け落ちであれば、追手が来ても連れ戻されるだけということもある。ただし、女に夫がいた場合は、幕府の正式な手続きを経て男は斬られることになる。

正式に行うならば、女敵討ちでは、それ用にしつらえた会場で追手と戦わなければいけないのである。

萩屋は、さきほど沙耶たちにしたのと同じ説明をした。松は真面目な表情で聞いていた。聞き終わるとため息をつく。

「それなら正式な追手ではないですえ。半分は良かったし、半分は悪いと言えます」

「半分というのは？」

「正式な手続きを踏んでの女敵討ちであれば、どうやっても逃れる方法はありません。相手も殺さないと面子に関わりますから。でも、これはそのような追手ではないですから、命を奪うまではしないでしょう。抵抗したら斬られるかもしれませんが、話し合いの余地はあります」

それから松は、沙耶の方を見た。

「あなたはなぜ駆け落ちしたんです？」

問われて、沙耶は白状することにした。目の前に本物の駆け落ちをしている二人がいるのに、駆け落ちごっこは無礼だと思う。

「すみません。わたしたちは駆け落ちではなくて単なる湯治です。駆け落ちと言う方が雰囲気があると思ったのです」

沙耶が頭を下げると、松は楽しそうに笑った。

「それはなによりだえ。駆け落ちと簡単に言うけど、添い遂げるのはなかなか大変です。生活費がなくて男が逃げることも多いから」

松は実感を込めて言った。

「松さんは駆け落ちをしたのですか？」

無礼と知りつつ、つい訊いてしまう。

「そうですえ。あたしの相方は、金をためてまた戻ってくると言ってここにあたしを置いていきました。それから三年、どこでなにをしているやら。もう戻ってこないと思っていても踏ん切りがつかないからここにいるのです。春をひさぎながら男を待つほど馬鹿馬鹿しいことはありませんえ」

松がしんみりと言う。

「お相手は武士なのですか？」

「商人ですよ。少しいい太物《ふともの》問屋の跡継ぎでね。あたしを連れて逃げてくれたのですが、ここで力尽きたのです。お金がたまったら戻ると言ってはいました」

無理だと思いつつ、相手を待っているのだろう。

「お相手の名前は？ ここから箱根に向かうので、道中で会うこともあるかもしれません」

「松之助《まつのすけ》ですえ。だからあたしも松と名乗っているんです」

松に言われて、月也は深く頷いた。

「それは大変だったな。だが、必ず戻ってくるだろう」

月也は真剣にそう思ったらしい。松はそれを素直に受け取ったのか、嬉しそうに笑った。それから萩屋たちの方に目をやる。

「いいですか。駆け落ちはつい人気《ひとけ》のない道や、さびれた村で泊まりたくなるものですが、それは駄目です。人気がない場所で見つかると斬られることもありますから」

松の言葉に萩屋も頷く。

「あと、道連れを作る方がいいですえ。二人だけの駆け落ちだと、気持ちも追い詰められます。女の足では男の追手からは逃げられず捕まってしまいますえ」

そう言われて、萩屋が月也を見る。

これは巻き込まれるな。

沙耶は覚悟した。

夫婦水入らずのゆったりした湯治の旅になると思っていたが、なかなかそうはいかないらしい。

「もちろん道連れになるとも」

月也が胸を張った。

正式な女敵討ち相手の味方をするわけではないなら、簡単に切腹にはならないかもしれない。しかし無事にもすまないだろう。

こんなときに音吉や牡丹がいないのが不安だ。それとともに、普段いかに音吉たちに頼っているのかがよくわかる。

たまには自分で解決しないといけない、と気を引き締める。なんといっても犯罪ではないのだから、そう複雑なものでもないだろう。

それにしても、いままでの生活を全部捨てて逃げるというのは、勇気がいることだと思う。

沙耶だったら月也と逃げるだろうか。

考えるが、そもそも月也が沙耶と逃げてはくれないだろう。武士は生まれたときからさまざまなしがらみに縛られているから、そう簡単に生活を捨てることはできない。自分だけの問題ではないからだ。

まさに燃えるような恋でなければ駆け落ちはできない。駆け落ちを立派ととるか迷惑ととるかは受け取る人間次第ということだ。

「とにかく、元気に食べるのがいいですえ」

言われて気を取り直す。

旅館の料理は少々味付けが濃い。一日歩き通した身体には濃い醤油味は気持ちよかった。

食べ終わると、月也は心づけとして二朱《しゅ》渡した。松が何度も礼を言う。

松が去ると、微妙に所在ない雰囲気になった。

「今日はもう休みましょう」

沙耶が言う。体も疲れていたが、足がなんだか腫《は》れている気がする。

「足が少し痛みます」

月也に言うと、月也がそうだろう、という表情になった。

「旅の初日は足が腫れるとよく聞く。しかたない」

「月也さんも腫れていますか？」

「俺は平気だ。鍛えているからな」

普段一緒に歩いているといっても、体のつくりは違うようだ。

「少し揉《も》んでやろう」

月也がふくらはぎを軽く揉んでくれる。

「ありがとうございます」

「気にするな」

月也が真面目な顔で足を揉む。ふくらはぎが痛かったのだが、揉まれていると少し楽になるような気がした。

真面目に足を揉む月也を見て、沙耶は少しおかしくなった。くすくすと笑うと、月也が沙耶を見る。

「どうしたのだ」

「なんでもないです。月也さんが真面目にわたしの足を揉んでいるのでおかしくなったのです」

「不真面目に揉む奴はいないだろう」

「そういうことではないのです。夫が妻の足を真面目に揉むというのはなかなかないでしょう」

「そんなことはないぞ。楽になるならその方がよい」

月也には、男が女の足を揉む、というところへの抵抗感はまるでないらしい。そこが沙耶には好ましい。

「明日も歩くからな」

月也の声を聞いているうちに、気持ちよくなっていつの間にか寝てしまった。


「起きろ、沙耶」

月也が緊迫した様子で沙耶をゆさぶる。

「どうしたのですか？」

まだ夜明け前である。旅立つにしても早い時間だ。

「追手だ」

「追手？」

「小雪殿の兄上ではないかと思う」

月也の言葉に、あっという間に目が覚める。

「ここはわたしたちが食い止めるから、先に行ってください。平塚《ひらつか》でまた落ち合いましょう」

「わかりました」

萩屋と小雪は礼をいうと、あわてて逃げる。裏口から逃がしてもらえば平気だろう。沙耶と月也は、別の駆け落ち者として相手をすればよさそうだった。

「布団を一つだけ残して他は整えよう」

たしかに、寝乱れた布団がいくつもあってはわかってしまう。あちらは二人で二組の布団を行儀よく使っていたようだ。

沙耶がさっと自分の布団を片付けると、月也がもじもじしている。

「どうしました」

「すまぬ。苦手だ」

普段月也は布団を畳《たた》むようなことはしないから、旅先でやれと言われても困ってしまうのだろう。

「布団などわたしがやります」

沙耶はさっさと二人分の布団を片付けた。

一つ残した布団に身を横たえる。

「月也さんも早く」

月也を誘うと、月也が顔を赤くした。

「どうしたのですか?」

「いや、なんというか、こんなところではな」

「お芝居でしょう。なにを言ってるのですか?」

「む。そうだな。芝居だな」

どう納得したのか、月也は行灯《あんどん》の火を吹き消して、隣に体を横たえた。行灯の火が消えると部屋は月明かりだけだ。部屋の中に人がいることはわかっても、誰がいるかはわからない。

素早く上から布団をかけて月也に抱きついた。

月也の体温が伝わってくる。芝居だと思っていても、肌を合わせているとなんとなく照れ臭い。

これから部屋に踏み込まれると思っていても、体温のせいでなんとなく怪しい気持ちになってしまう。

月也の方もそうらしい。

「沙耶」

月也の唇が近づいてくるのがわかって体を押し戻す。

「こんなときになにをするのですか」

「まだ時間はあるだろう」

「ありません」

「ではいつならいいのだ」

「いつ、って。他に人がいないときですよ」

押し問答をしているうちに、階下からあわただしい足音が聞こえた。

武士が二人、部屋の中に駆け込んできた。沙耶たちの布団を勢いよくめくりあげる。

「きゃあっ！」

沙耶が悲鳴を上げると、相手は驚いたようだった。あわてて行灯に火を灯《とも》す。

行灯の薄暗い灯りでも、沙耶が探している相手と違うことはわかったようだ。

「これは失礼つかまつった」

そう行って男が行こうとする。

「お待ちください。物盗《ものと》りですか？」

沙耶に言われて、男が振り返る。物盗りと言われたままではそのまま立ち去ることはできないと思ったのであろう。

「物盗りではござらぬ」

「でも狼藉者《ろうぜきもの》ではありますよね。役場に届けます」

役場に届ける、と言われて男の動きが止まった。

「宿屋で他人の部屋に押し込んでおいて、間違いだったではすみません」

沙耶の言葉使いから、宿場女郎ではないと察したのであろう。丁寧な物腰で畳に座り込んだ。

「拙者《せっしゃ》、忍藩で徒目付を拝命している沢田蔵人の次男、小次郎《こじろう》と申します。恥ずかしながら妹が町人と駆け落ちしてしまったのです」

小雪から聞いた話と同じである。

「深く思いあってのことではないのか？」

月也が口を出した。

「そうかもしれませんが、武家の娘が町人と駆け落ちなど許せるはずもないでしょう。なんとしても連れ戻していい相手のところに嫁がせます」

「しかし、駆け落ちした娘にいい縁談はこないだろう」

「後妻でもかまいません」

沢田が思い詰めた表情になった。

「後妻でもいい、というのはいくらなんでも妹さんの気持ちを踏みにじってはいませんか」

「気持ちのことなどいいのです。わが家の存亡にかかわるのですから」

小雪は器量がよかったから、嫁としては重宝するのだろう。女は財産の一種だから、取引に使われることは多い。

これればかりはどう言おうが逃れることは難しい。小雪は自分の運命を変えるために駆け落ちを選んだのだろう。

「妹を犠牲にしなければいけないようなことがあるのか？」

「残念ながら」

沢田は頭《こうべ》を垂れた。

沢田家は先代の忍藩藩主、阿部正権《あべまさのり》の家臣だから、藩主が替わった段階で阿部の転《てん》封《ぽう》先についていく予定だった。

が、忍藩は阿部家が約百八十年にわたって治めてきた事情がある。そのため、いくつかの武家を主替えさせて残したのである。

沢田家はその中の一つであったが、そのような事情で残ると、たいていは家ごと苦しい思いをする。いつ浪人になるかもしれない。

だから、新しい藩主である松平忠堯《まつだいらただあき》の重臣に小雪を嫁がせておきたいというわけだ。

「家を思う気持ちはわかりますが、妹さんの幸せはどうなるのですか」

「力のある男に嫁ぐのが幸せでしょう。貧乏武士などに嫁いでみなさい、夫の性格がどのようによくとも苦労が見えているではないですか」

「そんなことはありません。たとえ貧しくとも、気持ちの優しい夫となら幸せに暮らせます」

「それは嘘です。自分をごまかしているのでしょう。よいですか。幸せというのは、一瞬の幸せなら金はかかりませぬが、幸せを続けていくには金がかかるのです。金のない苦しみを妹に味わわせるようなことはできませぬ」

どうやら、小雪の幸せを考えていないわけではないらしい。しかし、貧乏なら幸せになれないというのは言い過ぎな気がした。

「このまま逃げた方が妹御の幸せだとは思わないのか？　お主の家の都合だけのような気もするぞ」

「そんなことはない。ないのです」

どうやら、沢田家はなにか事情を抱えているようだった。

「どんな事情があるのですか？」

「わたしから説明させていただいてもよろしいでしょうか？」

不意に、沢田の隣にいた男が声を出した。

「どちら様ですか？」

「妹の小雪様と許嫁になる予定だった倉坂総一郎《くらさかそういちろう》と申します。手前が不肖《ふしよう》ゆえ小雪様に逃げられてしまいました」

倉坂という武士は、まるで役者のような顔をしていた。物腰も含めて、正直言うと小雪と一緒に逃げていた萩屋よりも印象はいい。

「逃げられる原因はあったのですか？」

「わかりません。わたしがふがいないのでしょう」

倉坂が言うと、沢田が言葉を継いだ。

「倉坂殿に落ち度はありません」

「わたしは新藩主側の人間ですから、いやなのはわかります」

どうやら、最初の印象と違って二人ともそう悪い人間なわけではないようだ。沢田家が小雪の幸せよりも家を重視しているのは武家だから仕方ないとも言えるし、ついて来ている倉坂の方もそう悪い感じはしない。

「相手を斬って連れ戻すのですか？」

「そんなことはしませんよ。兄上殿は思い詰めていらっしゃいますが、いきなり町人を斬ったら大騒ぎです」

倉坂の方が冷静な印象である。

「倉坂様は、沢田様の妹さんのことをどう思っていらっしゃるのですか？」

「遠くからお見掛けしただけですが、好ましく思っております。駆け落ちされている身でこう申すのもなんですが、嫁いでくれるならなにもかも水に流します」

「お前、いい奴だな」

月也が不意に言った。

「きっと、妹御もお前と結ばれた方が幸せになるぞ」

「他人の恋路に口出しは無用です」

沙耶が思わず言う。小雪には「逃げろ」と言って倉坂には「くっつけ」と言うのではいかにもどっちつかずだ。

だが、萩屋と倉坂を比べると倉坂の方がいい男に見える。小雪がいつから萩屋と恋していたのかは知らないが、同じ時期に知り合ったのなら倉坂を選びそうなものだ。萩屋の方は少々頼りない。

そこまで考えて、沙耶は思わず月也を見た。

頼りない方が好もしいというのは趣味としてはあり得るだろう。倉坂は見ている分には好もしいが、暮らすとなると息が詰まることもあるのかもしれない。

その点月也はいい夫だと思う。なんといっても優しい。旅をしていても月也が優しいことはよくわかる。

今回は月也のいい部分を改めて感じる旅になりそうだった。

「とにかく、わたしたちとは縁のないことです。うまく目的を果たされることを祈っていますね」

沙耶は手早く切り上げた。

沢田たちが頭を下げながら去っていく。

「あの倉坂という男、いい奴だったたな」

月也が能天気に言う。

「月也さん、両方にいい顔をしてはいけません」

沙耶が言うと、月也は少々ばつが悪そうな顔になった。

「しかし、たしかにいい奴だったぞ」

「いい奴だからなんなのですか。連れ戻した方がいいと思うのですか？　いま逃げている二人の気持ちはどうなるのです？」

沙耶に言われて、月也は反省したようだった。

「そうだな。俺が悪かった」

「月也さんはどちらの味方なのですか？」

少し考えて、月也が答えた。

「逃げてる方だな」

「どうしてですか？」

「よくわからないが、逃げるしかないというのには、苦しい事情がありそうだ。周りに相談できるならそもそも逃げないですむ。わざわざ逃げるからにはなにか問題があるのだろうよ」

追手側を「いい奴」と思いつつも、味方する方は変わらないらしい。沙耶としては安心したが、これで追手側に沙耶たちの顔がわかってしまった。

「小雪さんたちに助太刀するとどうなるのですか？」

「追手に怪我させなければどうということはないだろう」

月也があっさりと言った。

「ただし同心だということは隠さないといけないがな」

月也は同心だから、旗本ではなく御家人である。幕府直轄の旗本と他藩の藩士はたいてい仲が悪い。御家人なら少しはましだが、「幕府に直接雇われている」身分の人間は他藩と揉めごとを起こすとなかなか面倒になる。

しかし駆け落ちを追いかけるというのは外聞が悪いことでもあるので、長引いてまで追いかける気はないだろう。

沢田たちが駆け落ちを見逃せる口実を作れば助かりそうだった。

「いい連中ばかりに見えるのだがなあ」

月也がため息をついた。

「そうですね」

沙耶も答える。といっても、悪意のある人間が本当に一人もいなかったら駆け落ちは起こらないだろう。

誰か一人は悪い人がいるような気がした。

「それにしても腹が減ったな」

月也が腹を撫《な》でる。たしかにこの騒ぎで腹は減ってきている。

「なにか作ってもらいましょう」

帳場まで下りていくと、帳場の者は上での騒ぎをよくわかっていた。

「早めにご出立ですか？」

「そうなの。でもお腹が減ってしまって」

「昨晩の残りで炊きたての飯ではないですが、すぐご用意します」

「ありがとうございます」

部屋に戻ると、月也が微妙な表情をしている。

「気になることでもありますか」

「どうせなら、もう少し駆け落ちのままでいたかったな」

「どうしてですか？」

「こういうことだ」

不意に月也が沙耶を抱き寄せた。普段よりもずっと強い力で胸の中におさめられる。

「月也さん、なにか？」

「駆け落ちならこういうこともできるではないか」

「夫婦でもできますよ」

沙耶が答えると、月也が首を横に振った。

「夫婦は違うのだ。夫婦だとこう、沙耶、どうだ、みたいなことになるだろう。沙耶にお伺いをたてるというわけだな。だが、駆け落ちなら己の気分で無体《むたい》を働いてもいいのではないかと思う」

なにか気分が違うらしい。それにしても、強引に抱き締められるとたしかに普段と違うときめきはある。

「朝食が来ますから放してください」

沙耶が言うと、月也はしぶしぶという様子で沙耶を解放した。

「気にせずとも、いくらでも無体は働いてください」

言ってから思わず顔が赤くなる。少々言い過ぎたかもしれない。

しばらく無言があった。

階下から音がして、料理が運ばれてきた。

「飯が冷えてすいませんね。それ以外は温かいですけどね。お詫びに熱燗《あつかん》をつけておきましたよ」

筍を煮たものが皿に山盛りになっている。味噌汁には刻んだ大根が入っていた。それから八杯豆腐《はちはいどうふ》。うどんのように細長く切った豆腐を煮て、葛《くず》でとろみをつけてある。冷えた飯にかけるにはちょうど良かった。

それから、煮魚は鮪《まぐろ》であった。

「下魚《げざかな》か。旅には縁起が悪いのではないか」

月也が少々顔を曇らせる。

「安いから量を出せるのでしょう」

鮪は脂ののったところで、味としてはくどい。たっぷりの大根おろしと葱《ねぎ》をかけて辛子も添えてある。

脂の多い鮪は嫌う人も多いが、沙耶は好きである。ただ、傷みやすいから滅多《めった》に買えるものではない。このあたりは湊が近いから手に入るのだろう。

鮪の身はうまく煮てあって、身には包丁の刃が入れてある。箸をつけると丁度いい量が取れた。

味付けは醬油で、鮪の脂の甘みが口いっぱいに広がった。葱と大根おろしが脂の後味をさわやかに消してくれる。

そういえば、これは精がつく料理だった、と思い返して、心の中になんとなく恥ずかしさが広がった。

夜のことを応援されているような気分になる。

「この八杯豆腐は美味いな」

月也はするすると食べてしまう。冷えてはいても飯の量は十分なほどにあった。

料理を食べながら熱燗を飲むと、体も充分温まってくる。

月也は何度もおかわりをして、お櫃《ひつ》の中は綺麗に空になった。

「足はどうだ。沙耶」

「大丈夫ですが、昨日ほど速くは歩けないかもしれません」

「数日すると足が慣れてくるが、最初の三日はつらいと聞いている。無理するな」

「はい」

たしかにそうなのだろう。足はやや張っている感じだ。

立ち上がると、下に降りた。

「おはようございます」

帳場では握り飯を用意してくれていた。

「道中お気をつけて」

「ありがとうございます」

沙耶は握り飯を受け取り、風呂敷で包んで背中に背負った。

宿を出て宿場町の出口まで行くと、春吉と千代吉が待っていた。

「おはようございます」

頭を下げると、春吉が困った顔をした。

「御新造さん、女敵討ちがもう読売になっているね」

「どういうことですか？」

「これだよ」

春吉が一枚の紙を見せてくる。そこには、逃げる小雪たち二人と、追う沢田たち二人の絵が描いてあった。

といっても、沢田たちの絵は鬼にしか見えない。角まで描いてある。文章の方もまったく事実と関係ない内容であった。

「このようなものではありません。それにいくらなんでも早くできすぎです」

「読み物ですから。嘘でいいんですよ。こいつは宿に踏み込む前にもう書いたんです」

千代吉が苦笑した。

「瓦版なんてしろものは嘘を書くものですから。本当のことが書いてあるって思うような奴はいませんよ」

たしかに前に沙耶が描かれたときも、まるで天女《てんにょ》のようだった。この絵を見たからといって本人にたどり着くことはできないだろう。

でも、これは瓦版屋もかんでいそうだ。はっきりとわかる。ここは奉行の筒井に知らせて指示を仰いだ方がいいかもしれない。

「飛脚《ひきゃく》を頼めますか？」

春吉が頷いた。

「いいよ。どのくらい速い奴がいい？」

「なるべく速い人をお願いします」

「わかった」

「どのくらいで手紙のやりとりができるのでしょう」

「今日どこに泊まる？」

「大磯の予定です」

「じゃあ、今日御新造さんが泊まる宿には手紙がつくよ」

「そんなに速いんですか？」

「一番速い連中は大坂までだって三日でつくからな」

沙耶は、女敵討ちに巻き込まれたことと、相手の身分などを書くと、筒井あてに送ることにした。

いくら湯治中でも月也は同心だ。なにか役に立つことができるに越したことはない。

本来は月也に手紙を書いてもらうのが筋なのだが、月也は手紙を書くことがあまり好きではない。書類はいやいや書いているようだが、字を書かなくてすむならそのほうが良いと思っていた。

沙耶はいま起こっていることを手紙にしたためると春吉に渡した。

「返事はどの宿に届けてもらえばいいのでしょう」

「大磯に泊まるなら、三浦屋《みうらや》に届けてもらいましょう」

「そこがいい宿なんですね」

「いいっていうか、平宿《ひらやど》だからね。夫婦での旅だからさ、飯盛り女がいない宿のほうが安心だろう」

春吉たちは宿のことにも詳しそうだった。

「大磯はいいよ。程ケ谷もそうだが、魚が美味いからね」

言いながら、先に立って歩いていく。

しばらく歩いていると一里塚が見えた。

「あそこで休憩しよう」

月也が言う。春吉が、後ろを振り返ると肩をすくめた。

「ところで旦那、つけられてますよ」

「誰にだ？」

つけられている、という言葉に月也が真面目な表情になる。

「盗賊か？」

「瓦版屋ですね。あれは」

「なぜ瓦版屋がつけてくるのだ？」

「旦那たちが駆け落ちだって言ってたのを聞きつけたんでしょうね」

「つけてきてどうしたいのだ」

「追手が来て修羅場になるか、心中の現場が見たいんでしょう」

今朝の絵もそうだが、瓦版屋にとって駆け落ちはいい娯楽らしい。たしかに読物としては面白い題材だ。

それにしても、程ヶ谷に泊まった翌日にはあとをつける人間がいるというのは、いささか耳が早すぎる気がした。

「わたしたちが駆け落ちと名乗ったにしても、つけるのが早すぎはしませんか」

「瓦版屋は、宿場町に人を置いてるんでさあ。なんといっても泊まれる町は限られてますから」

たしかにそうだ。東海道五十三次《ごじゅうさんつぎ》というのは、「泊まれる宿場町が指定されている」ことでもある。

たとえば程ケ谷の次は戸塚だが、戸塚までの途中で宿泊してはいけない。幕府の手のひらの上以外では旅をするなということでもある。

女敵討ちにしても、誰もいない道端で仇討ちするなどはもってのほかである。きちんと幕府に届け出たうえで、幕府指定の場所で行わないといけない。

仇討ち用の会場をしつらえて仇討ちをするのである。

ただ、親の仇などと違って恋愛沙汰だと、外聞が悪いので会場までは作らないことも多い。

そうすると瓦版屋が現場を見るのは難しいから、駆け落ちする者を見つけるととりあえず様子を見にあとをつけるようだ。

たしかに、浄瑠璃《じょうるり》の「曾根崎心中《そねざきしんじゅう》」だって、心中事件が起きてから一月《ひとつき》で上演されている。

噂と同じくらいの速度で瓦版にするのがいいのだろう。

「だとすると、小雪さんにもついているのでしょうか」

「ああ。うまく女敵討ちを盛り上げたいんじゃないかな」

「瓦版屋がついてきてるんでしょうか」

「だって女敵討ちに成功してほしいじゃないですか」

たしかに、瓦版屋からすると女敵討ちが成功してくれなければ書くことができない。

女敵討ちする側には助かるのかもしれないが、わざわざ仇討ちを煽《あお》るというのはあまりいいこととは思えなかった。

「女敵討ちを煽るひとたちって罪にはならないのですか？」

「ならないね。野次馬罪なんてのを作るようなものだろう」

たしかに煽るだけなら罪にはならないだろうが、釈然としないものは感じる。問題は、追手側に小雪たちの居場所を伝えられてしまうことだろう。

平塚で待ち合わせていると知られていたら、すぐに追いつかれてしまう。かといって沙耶の足では相手よりも早く平塚につくことはできない。

「もしかしたら、わたしたちが平塚につくころには連れ戻されているかもしれませんね」

沙耶が言うと、月也も頷いた。

「どうにかして平塚に早くつきたいんだが、方法はあるか？」

春吉と千代吉は一瞬顔を見合わせた。

「そいつは雲助《くもすけ》しかねえですね」

雲助、と言われて沙耶は一瞬おじけづいた。雲助というのは宿場町の周辺にいる駕籠かきのことだが、柄が悪いうえに金をぼったくることで有名だ。

「大丈夫なのか？」

月也も恐る恐る聞く。

「平気ですよ。おかしな奴には頼みません。旦那たちの考えてるのはぼったくりの連中でしょう。ああいうのは一部ですよ。しかも無認可の連中だ。こう見えても俺たち人足は、幕府から許可をもらって商売してるんですよ」

たしかに、江戸でもそうだ。駕籠の数も決められていて、なかなか厳しい。

ただ、宿場までは幕府の威光も届かないから、柄の悪い連中もいるのだろう。

「ただし駕籠は高いですよ。覚悟はいいですか？　平塚までだと大体八里。一人一分《ぶ》として二分かかります」

「やはり駕籠は高いな」

「しかたねえですよ」

たしかに駕籠は重労働だ。高いのもしかたがない。いまは小雪の人生にかかわることだから、迷ってはいられないだろう。

「乗りましょう」

沙耶は即座に決めた。

「いいひとを世話していただいていいですか？」

「あいよ。まかせな」

春吉が答える。

月也も頷いた。

「そうだな。駕籠に乗ろう」

決めると、春吉たちが素早く駕籠を手配してくれた。一里塚でどうやって手配するのかと思ったら、両手を上げてぐるぐる回すと駕籠が集まってくるのである。

「どこからか湧いて出るような勢いですね」

沙耶が言うと、春吉が笑った。

「旅人のまわりを雲のように漂ってるから雲助って言うんですよ。いつだって集まってきます。さっき言ったようにタチが悪いのもいますがね」

言いながらも、二丁の駕籠を選び出した。

「この二丁はなかなかです」

四人の駕籠かきは、沙耶たちに頭を下げた。

「よろしくお願いします」

沙耶は駕籠に乗り込んだ。

「これであっしらも本気が出せますよ」

春吉が笑う。どうやら、駕籠かきと同じくらいの速度が出せるようだ。

駕籠に乗ると、ふわり、と体が浮き上がった。まるで雲に乗るような印象だ。

「とりあえず藤沢《ふじさわ》に向かいやしょう」

藤沢までは四里と少し。歩いて行くならば一刻半から二刻というあたりだ。が、駕籠なら一刻ですむ。

歩くよりも快適といえた。これなら前を行く小雪たちに追いつけそうだった。むしろ気づかずに追い越してしまっては困る。

沙耶はしっかりとあたりを見張ることにした。

それにしても、旅人が多い。と、沙耶は感心した。まだ朝も早いのに、子供から老人まで街道を歩いている。江戸からの者もいるだろうし、もっと遠くからの者もいるだろう。

この活気を守りたい、と沙耶は強く思ったのだった。

沙耶が駕籠に乗っているころ。奉行所には沙耶からの手紙が届いた。筒井は小者が持ってきた手紙を受け取ると、目を通してから内与力《うちよりき》の伊藤を呼んだ。

明け五つに手紙が届くということは、朝出立のときに手紙を預けたのに違いない。そろそろ同心たちが奉行所にやってくる時刻だ。

町奉行所では、同心の仕事時間はわりとがっちりと決まっている。無理な仕事はさせないというのが幕府の方針だ。

しかし町奉行本人は違う。朝だろうと夜だろうといつでも仕事をするものだ。休息をとるときは死ぬとき、というほど仕事に浸《つ》かっている。

筒井自身も休みたいと思っているわけではなかった。

沙耶からの手紙には、女敵討ちを瓦版の種にしている連中がいるということが書いてある。

しばらくして、伊藤がやってきた。与力が奉行所に出仕《しゅっし》してくるのは朝四つと一刻もあとである。が、伊藤は筒井の内与力なので他の与力よりも早く出てくる。奉行所ではなく筒井個人に仕《つか》えているという矜持もあるのだ。

「どうされました」

伊藤が柔和《にゅうわ》な顔で畳に座った。二人きりのときは余計な平伏などはしない。すぐに本題に入ることになっている。

「紅藤の女房殿から手紙が来た」

「どのような手紙ですか？」

「駆け落ちにぶつかったようだ」

「さすが紅藤。運だけは頼りになりますな」

伊藤がにやりとする。

「ところで、やはりいるようだ」

「瓦版屋ですか」

「そうだ」

筒井はため息をついた。正式な女敵討ちは武士にしか許されない。が、浮気した相手を成敗する女敵討ちは町人でも認められることが多かった。

そのせいか、最近は女敵討ちが増えてきている。道を踏み外した男女への制裁は江戸っ子には楽しいらしく、瓦版の目玉となっている。

瓦版屋とは、さまざまな形で仇討ちの種を探し出してたきつける人間だ。瓦版屋を兼業する者もいて、女敵討ちになるなら瓦版にするし、示談なら間で手数料を取る。

「どんな罪に問えるのやら」

タチが悪いとも言えるが、罪とは言えない。取り締まる法がないのに取り締まるというのはさすがに無理があるだろう。

「奢侈《しゃし》はどうでしょう」

伊藤が真面目な顔で言った。

「あれは使いすぎると自分の首を絞める」

奢侈禁止に引っかかったといえば、どんな罪にでも問える。着物が赤くてけしからん、でもう罪だ。

目付などは、瓦版屋はみな奢侈でひっくくれと言う。役者なども役者というだけで奢侈と言い出す。

瓦版屋など現れたら、いい口実を与えてしまう。

筒井としてはなるべく奢侈の罪状は使いたくないのである。

とはいっても、これぱかりは仕方ない。

「せめて誰かが盗賊にでもなってくれればいいのだが」

筒井が言うと、伊藤が苦笑いした。

「それは思ってはなりますまい」

「そうだな。さて、紅藤にはどう働いてもらおう」

「奉行所の管轄ではないですからね」

「追手を返り討ちにしろとも言えぬしな」

「なんとか瓦版屋だけをこらしめる方法がないものでしょうか」

筒井にもいい方法が思いつかない。町奉行はさまざまな犯罪を扱ってはいるが、野次馬根性そのものが犯罪的、ということには対応しにくいといえた。

「ここは女房殿に退治を頼んでみるか」

筒井が言うと、伊藤がくすくすと笑った。

「紅藤ではなくて女房殿にですか」

「紅藤は駄目だろう。どちらの側に対しても、お前はいい奴だ、などと言い出しかねないからな。それに、駆け落ちというものに対しては女の方が目端《めはし》が利くような気がする」

「そうですな。ここはひとつ投げてみましょう。江戸の外でのことです。少々手荒でもよいでしょうからな」

「女房殿がどう判断するか見てみたい」

筒井はそう言うと、風紀の乱れに思いをはせた。町奉行は治安の乱れには強いが、風紀の乱れはなかなか難しい。

厳しくしないと目付が騒ぐからだ。もっと厳しくしろと騒ぐ目付をなだめるのは寿命が縮まる思いがする。

だから沙耶が画期的な方法を見つけてくれるといいとも思っていた。

そして沙耶は。

駕籠に乗ったまま平塚の手前に着いていたのである。平塚へ入るには、馬入川《ばにゅう》という川を船で渡る必要がある。だから平塚で休憩することは多いのだ。宿場町でもあるから、平塚泊まりの客も多い。

春吉と千代吉は、ごく当たり前の顔で駕籠についてきた。息を切らすこともないのはさすがである。

「あいつ、なかなかやりますよ」

千代吉が後ろに目をやった。なんと、瓦版の男が涼しい顔でついてきていた。

「すごい人ですね」

あっぱれだと思う反面、腹が立ってきた。

他人の駆け落ちを追いかけて商売にするというのは、決していい趣味ではない。逃げる側と追う側。どちらが正しいのかは難しい。もちろん女に夫がいた場合は逃げる側が悪いだろう。しかし今回のように結ばれていない場合は、どうなのだろう。

ただ、いずれにしても関係ないのに商売にしようと思う人間は許したくない。

「あの人をなんとかこらしめる手はないでしょうか」

沙耶は思わず春吉に訊いた。

「山の中に連れ込んでとっちめればいいんじゃないですか」

「そういうことではないのです。山の中に連れ込んだりしたら犯罪ではないですか」

「駄目ですか？」

「もちろん駄目です」

「そうなると難しいですね」

春吉があっさりあきらめた。

「それで終わりなんですか」

沙耶が言うと、春吉が大きく頷いた。

「いいですか。御新造さん。ああいう連中はね。心は強いんですよ。体をとっちめることはできますがね、それ以外の方法で反省させたりするのは無理でさあ」

「どうしても無理なのかしら」

「他人のことは自分の酒代《さかしろ》としか思ってないですからね。お前が悪いと言ったところで、なにが悪いのかもわからないでしょう」

なるほど。と沙耶は思う。沙耶から見たら非道でも、相手が単なる仕事だと思っているなら反省のしようもない。

本人たちに「悪いこと」だとわからせない限りはしかたないということだ。

音吉や牡丹がいない以上、知恵を借りることはできない。どうしたら痛い目を見せることができるのだろう。

だが、良心がない相手にどう対応すればいいのか、思いつかない。

「そいつの家族を痛めつけるとかですか？」

千代吉が言う。

「痛めつけるということからは離れてください」

「まあ、とっとと川を渡って、飯でも食いながら考えましょう。この平塚はね。飯だけ《ヽ》は他の宿場に負けませんよ」

春吉たちに促され、駕籠をおりて船で川を渡る。十四文の渡し賃を払うと乗せてくれる。

春吉たちの分を含め四人合わせて五十六文を払った。

船をおりると、春吉と千代吉は一軒の飯屋に沙耶たちを連れて行った。

「かわだ」という名の店である。外見は少々見すぼらしいが、中からはいい匂いが漂ってくる。

「ここはさ。川のものならなんでも出すんだ。ちょっと面白いぜ」

春吉が店の中に入ると、店の主人が出てきた。

「お。春吉かい。今日は綺麗なお嬢さんを連れてるな」

「客だよ」

春吉がぶっきら棒に言う。店の中は、褌以外はほぼなにも着けていない男しかいなかった。全員が刺青をしている。

こういってはなんだが、けだものの巣に放り込まれた気分だった。

とはいっても、店の中は案外騒がしくない。男たちは格好は荒くれでも静かに酒を飲んでいるようだった。

「静かで驚いたって顔ですね。御新造さん」

「もっと騒がしいと思っていました」

「ここではみんな体を休めてるんですよ。だからかえって静かなんです」

そうは言っても、がっしりした体に刺青を入れた男たちばかりだから、沙耶としては落ち着かない。

「おう。聞いてくれ」

春吉が男たちに声をかけた。

「ちっと悪い奴を退治したいんだけどよ。乱暴なことはできねえんだ。頭を使いたい」

春吉の言葉に男たちがどっと笑った。

「そいつは無理だな。体はいくら使ってもいいが頭は駄目だ」

「まあ、そうだな」

春吉は席につくと、店主に声をかけた。

「軽めに川と酒だ。飯もな」

「あいよ」

店主が奥に引っ込む。

「川って、どのようなものですか？」

「目の前の馬入川でとれたものをなんでもかんでも焼いたり煮たりして出してくれるのさ。なにが出るかは店主次第だな」

しばらく待っていると、焼いた魚が二種類と、筍を焼いたものが出てきた。魚はどちらも小ぶりである。

それから飯と酒である。

「酒を飲むときは気をつけてくださいよ。こいつは少々危ないですからね」

おそるおそる飲んでみると、甘い。そして酒の味が強い。焼酎《しょうちゅう》を味醂《みりん》で割って、さらに黒砂糖を加えたもののようだった。

疲れた体にこの酒の甘さはじつに美味しい。ただ、あまり飲むと倒れてしまいそうな味でもあった。

焼き魚は、皮がぱりぱりしていて少々甘みを感じる。脂がたっぷりとのっていて、脂の甘みが皮にも沁《し》みとおっているような感じだ。塩を振ってあるだけだが、力がつく感じがする。

鰻は、焼いて唐辛子味噌が添えてあった。こちらも身には塩が振ってあり、その上に唐辛子味噌なので味はかなり濃い。

酒にも飯にも合うといえた。

「この魚はなんなのかしら」

「こいつは甘子《あまご》ですよ。身が甘いからアマゴ。美味しいでしょう」

ほっこりと焼きあがった身を食べて甘い焼酎を飲むと、それだけで幸せな気持ちになる。

筍をかじると、筍にも黒砂糖が振ってあった。

「筍が甘いですね。黒砂糖ですか」

「あっしらの仕事じゃあこういうのが美味いんですよ」

春吉が嬉しそうに言う。

たしかに美味しいが、普通に江戸で暮らしていると思いつかない。東海道に人足がいるから生まれた味なのだろう。

思ってもみない味が心地よい。

わかっているつもりで想像しないことに出会うと新鮮である。

月也も無言で飯を食べていた。酒を控え気味なのは、倒れると思っているに違いない。

人足たちの料理は、甘いと辛い、そして味が濃いという感じだ。旅のせいかどれも美味しい。

食べ終えると、沙耶は春吉に礼を言った。

「美味しかったです」

「こっちこそ妙な店ですいやせん。でもここがあっしらのなかでは一番の店なんでさあ」

「一番というのはわかります」

結局、店を出る頃には月也はかなり酔っていた。

「ここで待ち合わせですよね」

春吉が言う。

「そうです。でもどこで巡り合えるのやらわかりません」

「大丈夫。あっしらが探してきますよ」

「顔がわかるんですか？」

「顔なんか知らなくても平気です」

そういうと、春吉と千代吉は去っていった。

「どうやって探すのかしら」

ほどなくして、春吉たちが小雪と萩屋を連れて戻ってきた。

「どうしてわかったの？」

沙耶は思わず訊いた。

「簡単ですよ。駆け落ちというのは、そう毎日あるものではありません。駆け落ちらしい人に声をかけただけです」

「駆け落ちにそのような雰囲気があるということですか？」

「そうですよ。駆け落ちっていうのはね、男の方が身分が高いってことはそうないんです。ほぼ間違いなく女の方が身分が上なんですよ。こんなところまで旅してくるひとはね、普通なら男の方が身分が高いんです。駆け落ちはその逆なんですよ」

「そうなの」

だとしたらたしかに見つけやすいかもしれない。それにしても、女の方が身分が高そうだと駆け落ちに見えるとは考えつかなかった。

萩屋と小雪は沙耶に頭を下げた。沙耶が言う。

「あのあと沢田様にお会いしました。ここに向かっているはずです」

「どうしたらいいのでしょう」

小雪に訊かれて、沙耶は春吉の方を見た。

「どうしたらまくことができますか」

春吉は少々考え込んだ。

「まあ、やり過ごすしかねえな。そうしてさ、泊まる場所を工夫するこったな」

「工夫というのは？」

「箱根に行くっていうからには東海道を通るわけだけどよ。泊まっていい宿場町は決まっている。ただ、例外もあるんだ。箱根湯本《ゆもと》は特別に泊まれるんだよ」

「どういうことですか？」

「箱根は特別険しいからさ。小田原《おだわら》からまっすぐ箱根っていうのは厳しいんだよ。それで湯治ってことで箱根湯本で一泊ってのは見逃されてる」

「箱根って本当に厳しいんですね」

「行けばわかるさ。だから、ここでやり過ごしたあと、湯本で一泊すればいい」

「そのまま相手が箱根を越えてくれればいいってことですね」

「いやそれは無理だろう」

月也が口をはさんだ。

「あの瓦版屋をまくことができなければすぐわかってしまう」

「やっぱり山の中で始末しましょうよ」

春吉はどうにも暴力が好きらしい。

「いいえ。わたしに考えがあります」

沙耶はきっぱりと答えた。どうやっても追いつかれてしまうのであれば、こちらからその地点を決めてしまいたい。それならばまだ対処のしようもあるのではないか。瓦版屋には人気のない山の中よりも、たとえば箱根の宿場町での女敵討ちの方が嬉しいに違いない。

それを利用すれば、相手が待ち伏せする場所を指定できそうだった。といっても、それまでに解決法を考えるための時間稼ぎでしかないが。

あたりを見回すと、瓦版屋が涼しい顔をして立っている。沙耶は、そちらへまっすぐ歩いていった。

瓦版屋は近づいてくる沙耶を見て驚いたようだが、逃げずに立っていた。むしろちょうどいい、という顔をしている。

「あんたも駆け落ちかい？」

「どうしてそう思うんですか？」

「武家だろ？　武家の女が男装して旅してれば駆け落ちだな」

「そうなんですか？」

沙耶は思わず訊いた。男装していると駆け落ちに見えるなら、悪くない変装だ。

「そんなことも知らないのかい」

瓦版屋は、沙耶に興味を持ったようだった。少し柔《やわ》らかい態度になって説明してくれる。

身分のある武士の娘などは駆け落ちするとき、男装していることが多い。旅先では男の格好のほうがなにかと便利だからだ。

ただし、箱根を越えるとなると男装は御法度である。大名の子女が男装して抜けようとしていると疑われて即牢屋《ろうや》行きだ。

それでも男装するのは、やはり身分を隠したいからだろう。それにしても、駆け落ちに見えるということは、沙耶は月也よりも身分が高く見えるのだろうか。

「わたしたちも駆け落ちですが、追手はいません。それに、他の人の駆け落ちに巻き込まれたくもないのです」

「じゃあ別に行動すればいいだろう」

「夫がお人好しで同情してしまって……」

沙耶がため息をつくと、瓦版屋は楽しげに笑った。

「源太《げんた》だ。よろしくな」

「沙耶です。源太さんは、女敵討ちを見たくて煽っているのでしょう?」

「見たいわけじゃねえですよ。仕事ですから」

もっといやな奴かと思っていたが、案外さめている。

「なんでこんな人の悪い仕事をするのですか？」

「人が悪いものじゃないと売れねえんだよ。もともと瓦版っていうのはご政道の批判をしていたんでさ、庶民の苦しみを和《やわ》らげるために。でも幕府はそれが気に入らなくてね。いまではこんなことをしないと売れねえんだ」

それから源太は沙耶の目を真面目な表情で見た。

「俺たちは下劣《げれつ》かもしれねえけどよ。それを喜んで買う連中はどうなんだい」

たしかに、買う人間がいるから作る人間も出る。それでも、まず作らないところから始めるしかないだろう。

しかしそれを納得してくれる相手でもなさそうだ。

「わたしたちの目的地は箱根なので、箱根までは邪魔をされたくありません。どうしても女敵討ちが見たいというなら箱根にしてください」

「その話に乗る理由はないな」

「簀巻《すま》きにされたいの？」

沙耶が春吉を指し示した。

「脅しですか？」

「わたしは無事に駆け落ちしたいのよ。なにもかも捨ててきたの。邪魔するならあなたにもいろいろ捨ててもらうわ」

沙耶が睨《にら》むと、源太は大きく息をついた。

「わかりました。乗りましょう。ただし、あの二人をきっと箱根に連れてきてくださいよ」

「約束は守ります」

沙耶はそういうと、源太を置いて春吉たちの方へと戻った。胸がどきどきする。江戸と違って勝手がわからないから、もしかどわかされでもしたらどうにもならない。

月也のところに戻ると、緊張がとけて転びそうになった。

「大丈夫か。沙耶」

「とりあえず箱根で勝負ということにしました。それまでは安全なのではないでしょうか」

「では、今日のところは大磯に泊まろう」

平塚から大磯まではそんなに距離はない。今日は大磯についてゆったりと休むのがよさそうだった。それに、筒井からの手紙が大磯まで届くはずだ。

「今日は酒を飲んでゆっくりするのがいいですよ」

春吉たちがそう言いつつ、明日の説明をする。大磯から小田原までは、駕籠に乗る必要はないらしい。

「ただし、小田原から箱根まではなにがあっても駕籠がいいですよ。そこはけちってはいけません」

千代吉が真面目に言う。

沙耶たちは、大磯まではゆっくり歩くことにした。

平塚から大磯までの道は、潮の香りが強い。深川も潮の香りはするのだが、このあたりの香りはまた違う。

どう違うのかはっきりとは言えないが、平塚の海の方が「海らしい」香りがするのだ。深川は少々ごちゃごちゃしていて、潮の香りに雑味がある。

平塚の海の方がすっきりとした香りを感じられた。

「これは魚が美味そうだな」

月也が嬉しそうに言う。

「月也さんはこの潮の香りが食べ物に感じられるのですか」

「沙耶は違うのか？」

「違います」

言いながら、でもたしかに魚は美味しそうだと思う。ふと見れば、少し離れたところを、萩屋と小雪が歩いている。

一見仲睦《むつ》まじそうな姿だが、どことなく影がある。それはやはり駆け落ちというところからくるものだろう。

そう考えると、月也などは能天気なものである。

「駆け落ちか……」

月也が考え込むような声を出した。本来の立場としては、月也は駆け落ちを取り締まる側にいるのだ。

それがこうやって連れ立って歩いているのは、不思議な感じだった。

「わからないな」

月也がぽつりと言った。

「どうしたのですか？」

「うむ。なぜ駆け落ちしたのかな」

「許されない恋をしたからでしょう？」

「それがおかしい気がするのだ。どうもうまく説明できないが、徒目付の娘が、そう簡単に出入りの商人と駆け落ちをするものかな。するとしても、藩主が替わって三年からというのがわからない」

　たしかにそうだ。もし無理にでも駆け落ちをしようとするなら、藩主が替わってすぐの方がずっとありそうに思える。

　単純に、藩主が替わってから恋に落ちたとも考えられるが、商人と武家の娘というのはそうそう知り合わないものだ。

　まさにわけありの駆け落ちなのかもしれない。

「ところで沙耶。やはり俺たちも駆け落ち気分を楽しもうではないか」

「楽しむのですか。苦しいものではないのですか?」

「俺たちの駆け落ちは楽しいだろう」

　そういうと、月也は左手を差し出してきた。

「誰かに見られても気にしなくてよいしな」

　たしかにそうだ。いまは旅路だから、江戸の人々の目があるわけではない。沙耶も手を握りかえす。

　月也の手はいつも通り温かくて、安心できる。

「月也さんの手はいつも温かいですね」

「沙耶の手も温かいぞ」

「そうですか？　月也さんの方が温かいです」

「自分の肌の温度は自分ではわからないだろう」

「そうですけど、月也さんの方が温かいですよ」

あくまで抵抗すると、月也がにやりとした。

「では、たしかめてみるか？」

「旅先では恥ずかしいです。もう一組いるのですよ」

そう答えたが、なんとなく恋をしている同士のような気がして嬉しい。

愛ではなくて恋という気分は、全体に気持ちをよくしてくれた。

「もう一組とも話し合わないとな」

一瞬、月也が同心の顔を見せる。

「そうですね」

大磯についたら今日はしっかりと話を訊いてみようと思った。

平塚から大磯は近い。日暮れがたにはもう大磯についた。

「まだこんな刻限ですし、宿に入る前にもう一杯飲んじまったらどうですか？　この先に、流行りの店があるんですよ」

春吉が言う。

早い時分から酒を飲んで騒ぐというのは、沙耶には経験がない。月也の小者になる前は内職をしていたし、いまは小者として江戸の町を歩いている。

どうしよう、と思った。

「また、人足の方々の集まる店ですか？」

「今回は違います。といっても江戸で商売をしてるような方々は来ないですけどね。お伊勢参りに行く人たちがよく寄る店ですよ」

沙耶は月也を見た。

「ここは行っておきましょうか」

月也も頷いた。

「そうだな。どんな人がこんな時分から飲むのか見てみたい」

江戸でも早くから飲んでいる連中はいるが、多くは職人だ。大磯ではどのような人がお伊勢参りに参加しているのだろう。

春吉に案内されて一軒の店に行く。店舗というよりは小屋と言った方がいい。海辺に建っていて、海が目の前に見えた。

店の中は見事なまでに旅装の人々で埋まっている。男性が九割、そのうち武士が半分というところか。

店内は潮の匂いで満ちていた。どうやらみなが食べている鍋の匂いのようだ。

「ここで食べて飲んでください」

そういうと春吉は、沙耶たち四人を置いて去って行った。

すぐに店主がやってくる。

「四人様ですか？」

「はい」

「お酒は冷やですか？　つけますか？」

「そうだな。つけてもらおうか」

月也が言った。店主は食べ物のことはなにも言わずに奥に下がった。

「ご迷惑をかけてすみません」

小雪が頭を下げる。

萩屋ではなくて小雪が頭を下げるということは、二人の関係としては小雪が上なのだろう。

といっても、もう武家を捨てたのであれば、萩屋を立ててもいい気がする。萩屋が商売人だとするなら、商売人は別の土地に行っても商売人だ。一方小雪は藩を抜けてしまえばもう武家の人間ではない。

あえていうなら「萩屋の妻」という立場だろうか。

女には自分一人の立場はない。沙耶にしても、「月也の妻」という立場である。死んだあとも残されるのは「月也の妻」の肩書で、沙耶自身の名前が残るかはわからない。

徒目付の娘から商売人の妻になるというのは、まさにそれまでの人生を投げ捨てるということだ。

だから、駆け落ちには萩屋が好きというだけでなく、もうひとつ理由がある気がした。

「はいはい。どうぞ」

店の主人が、ぐつぐつと煮立った鍋を持ってきた。

「熱いうちに食べてくださいね」

鍋と酒だけである。

「飯が欲しければ別にどうぞ」

それだけ言って店主は引っ込んだ。

鍋の中には、小魚や貝がぎっしりと詰まっている。海藻らしきものが一緒に煮えていた。色からすると味噌味ではないようだ。

鍋から具をすくい椀《わん》にとって、全員に分ける。萩屋も小雪も頭を下げて受け取った。

魚や貝は小さくて、名前もわからない。汁は塩味で、魚と貝からすばらしくいい出汁が出ていた。

柔らかく煮えているから身もほっこりして美味しい。やや濃い目の塩味が旅の体にはちょうどよかった。

「酒もいいが、飯が欲しくなるな」

月也が唸る。たしかに、この汁を行儀悪く飯にかけて食べたら美味しそうだった。

魚の旨みがのどを通りすぎて、そのあとを塩味が追いかけるという感じだ。

体も温まるし、味もいい。

海からの風が潮の香りを含んでいて、空気までが味つけに役立っているようだった。

「これもどうぞ」

店主がやってきて、椀を置いていく。椀の中には、ふわふわとした豆腐が浮いていた。

「こいつはここ以外で食べるのは難しいですよ」

店主が誇らしげに言った。

月也がするっと豆腐を口の中に入れる。

「うまい！　これはすごい！」

月也が叫んだ。

沙耶も思わず豆腐を口に入れた。食べるというよりも吸い込むという方が正しい。

椀に口をつけて豆腐をすするのだ。

するり、と豆腐が口の中に入ってくる。なんの抵抗もない感じで喉《のど》の奥へとすべり落ちた。

豆腐の濃厚な旨みが喉の奥にしがみつくような感じだ。追いかけてきた塩味の汁が、旨みごと胃の中に落ちていく。

豆腐、といえるほどの固さはない。液体と豆腐の間くらいな印象であった。

店主が言う。

「どうですか？　お味は」

「美味しいです。いったいどうやって作ったのかもわかりませんが、ただひたすら美味しいです」

「これはね。海水豆腐と言います。その名のとおり、海水を使った豆腐なんですよ。

鍋の汁にも海水を使っています」

「海水ですか？」

沙耶は思わず聞き返した。

「海水の中にもにがりが含まれていて、豆腐を固められるんです。ただ、にがりほど濃くはないので、固まりきらずにふわふわになるんですよ」

「鍋の汁も海水なんですか？」

「そうです。小魚や小さい貝を、海水と湧き水をまぜたもので煮るんです。海水で煮ると、塩辛いのに不思議と味がまろやかになるんですよ」

たしかに店主が言うとおり、塩味が強いわりにはそれが心地好い味になっている。

「もし飯が必要なら、とっておきのを出しますよ」

「頼む！」

月也が叫んだ。店主は笑うと奥に引っ込んだ。

「月也さん、行儀が悪いですよ」

沙耶がたしなめると、小雪が笑いだした。

「行儀悪いっていいですね」

「すみません」

沙耶が謝ると、小雪は首を横に振った。

「わたくしも、行儀悪いことをしてみたいです」

「したことがないのですか？」

「はい」

小雪は下を向いた。たしかに徒目付の家ともなれば、育ちは相当厳しいだろう。

それと同時に思う。行儀が悪いことを一度もしたことがないのに、駆け落ちのような大それたことをするのは、一体どういうことなのだろう。

小雪と駆け落ちの間に少し溝がある気がした。恋に溺《おぼ》れて駆け落ちをする性格にはどうも見えない。

「ここは旅先ですから、少々行儀悪くても大丈夫ですよ」

萩屋が穏やかに言う。

こちらもいかにも小雪を立てているように見える。とても小雪を連れて逃げている男のようには見えない。

本当に駆け落ちなのか、狂言ではないのか、との疑いが生まれる。

肌を合わせた男女は、なんとなく共犯意識みたいなものが生まれて、自然と近い間柄になる。

唇を合わせただけでも昨日とは違う距離になるものだ。

しかし、目の前の二人にはそういった密着感がない。

なにか秘密がありそうだった。

「これをどうぞ」

店主が、椀に入った飯を持ってきた。見ると、飯の上には卵が載っている。生ではなくて少し煮てあるようだ。

「ここに鍋の汁をかけてください。辛いのが好きな方は七色《なないろ》をどうぞ」

店主が七色唐辛子を持ってくる。

卵を載せた飯の上に鍋の汁をかける。店主は匙《さじ》も持ってきてくれた。これは箸よりも匙がいいらしい。

行儀悪くかき込むと、卵のとろりとした甘みにさまざまな味がなだれこんでくるような気がした。

小雪のことを気にしていたはずなのに、卵に意識をとられてしまった。

器が完全に空になってから気を取り直す。

どうも男装をしてから行儀が悪くなった気がする。小雪のようにもう少しおしとやかにした方がいいのではないだろうか。

見ると、小雪は匙を使わずに箸で粛々《しゅくしゅく》と食べている。萩屋もそうだ。沙耶と月也が匙でかき込んだのとはすごい違いである。

沙耶は思わず顔を赤くした。

同心の妻としての品位を忘れてはいけないだろう。

店を出ると、しばらくの間全員無言である。他の三人はともかく、沙耶は自分の行儀について考えていた。

旅のための野袴なせいもあって、沙耶はわりと大股でずかずかと歩く。小雪はしずしずと歩いている。沙耶は月也ほど速くはないが、小雪よりは大分歩く速度が速かった。

月也は気にしないと言うが、あらためて自分が「女らしくない」と感じるのは沙耶にとってはなかなか衝撃だった。

普段音吉と話しているときには感じない。角《かど》寿司の喜久《きく》や夜鷹《よたか》蕎麦の清《きよ》、魚屋のかつが相手でも、自分が女らしくないとは思わない。

だが、小雪のような「本物」の女らしさに会うと、自分がいかにもがさつに感じる。

二人を引きはなして先を歩く。

「どうした？　沙耶」

月也が聞いてくる。

「わたしは、いえ、わたくしはやはりがさつなのかもしれないと思いまして」

沙耶が言うと、月也が笑い出した。

「わたくしなどと言う必要はない。沙耶は沙耶なのだ。俺の好きなのはいつもの沙耶だからな。いちいちかしこまっていたら俺の小者はできないだろう」

「わたしがいやになったりしませんか？」

「なぜそのようなことを考えるのだ」

「小雪さんがしとやかすぎるので……」

沙耶が言うと、月也がふと真面目な顔になった。

「そうだな。しとやかすぎるな」

どうやら、沙耶と同じ疑問を持ったらしい。

普通の駆け落ちではない気がする。

「でも、追手の方も駆け落ちだと言っていましたよね」

「そうだな。駆け落ちのように見えはする。だが、見ろ」

月也が小雪たちに視線をやると、二人は並んで歩いているが手をつないでいるわけではない。

駆け落ちをしているのであれば、もっと不安になってお互いにくっついていたいと思うのではないだろうか。

それにしては冷静すぎるという気がする。

もし沙耶なら、月也にずっと付きまとっていそうだ。

「どうだ。沙耶。もう少しこう、駆け落ちらしくしてみるか」

月也が言う。

「駆け落ちらしいというのはなんですか」

「こうさ」

月也がつないでいた左手を離すと、不意に沙耶の右の耳に触れてきた。くすぐったくてぞわぞわする。

「いきなりなにをするんですか」

「気持ちいいか？」

「くすぐったいだけです」

「いやか？」

「いやではないですけど」

月也にさわられていやなことはない。が、歩いているときに耳に触れられるのはいくらなんでも恥ずかしすぎるだろう。

小雪の方を見ると、あいかわらず同じ距離で萩屋と歩いている。沙耶たちの行動は見えているのに、影響された様子もない。

やはり、普通の駆け落ちとは雰囲気が違う。

「忍藩でなにかあったのかもしれないですね」

沙耶には忍藩の印象は特にない。足袋の品質のいいものがある、というくらいだ。

忍藩の行田《ぎょうだ》という土地では足袋の生産が盛んだ。今回沙耶も行田の足袋を履いて出てきている。

丈夫なわりに履き心地もいい。頑丈な足袋はごわごわした質感になりがちなのだが、行田の足袋はそういうことがない。

しっとりとした肌ざわりなのに丈夫だから、使い勝手がよかった。

「藩主が替わったときにごたごたがあったのかもしれないな」

「そうですね」

不自然な形で忍藩に残ったというのが今回の駆け落ちに影響している可能性は高そうだった。

「ただの駆け落ちのひととご一緒したかったです」

沙耶はため息をついた。

「そうなのか？」

「そうしたら、道ならぬ恋の二組で楽しく過ごせました」

「いいではないか、それで。今からでもできる。気分を盛り上げよう」

月也は能天気に言う。

もやもやするが、月也は気にならないようだ。

月也は器が大きい、と素直に尊敬できる。昔、ぼんくらと呼ばれていたころは歯車がかみ合っていなかっただけなのだ。

今度は月也が肩を抱いてきた。

小雪たちに対して見せつけているのか、単に楽しんでいるだけなのか沙耶にはわからないが、いまは楽しもうと思った。

そうして宿に着くと、筒井からの手紙が届いていた。

筒井の手紙には、仇討ち屋なる瓦版屋にうまく痛い目を見せろ、ということが書いてあった。

同時に、忍藩とは揉めるな、とも書いてある。

そして最後に、八州廻りとうまくやれ、と書いてあって、筒井からの直筆の手紙が一通同封されていた。

もし八州廻りに会ったら渡せということだろう。そして、箱根湯本にある「福住《ふくずみ》」という旅館に泊まるように書いてあった。

「この旅館になにかあるのでしょうか」

沙耶が問うと、月也は首をかしげた。

「わからないな。だが、奉行が言うからには意味があるのだろう」

湯本は湯治の町だが宿場町ではない。宿場はあくまで箱根である。ただ、近年はかなり賑わっているらしい。

沙耶は筒井に手紙を返した。

忍藩の駆け落ちの者と一緒にいること、たしかに仇討ちを煽っている瓦版屋がいるということをしたためる。

書きながら、筒井が宿を指定するのは正しいと納得する。確実に手紙のやりとりができるからだ。

箱根ではなくて湯本なのは、沙耶の足を気遣ってくれているのかもしれない。

小田原から一気に箱根を目指そうとすると道が険しいから、湯本で一泊することが多いことは、筒井の頭にも入っていたのだろう。

大磯の宿は、温泉宿ではない。近くに銭湯があって、湯は銭湯で使うらしい。もっと値段の高い旅館なら温泉もあるのかもしれないが、それは望みすぎだろう。

「さっと風呂に入ってさっさと寝ようではないか」

「そうですね」

結局、大磯の宿では小雪たちは心を開いてくれなかった。初日の方がまだ打ち解けていたくらいである。

笑顔は見せるがなにも語らない。食事も楽しんでいる様子がない。もっとも、先ほど店で食べてからそう時間が経っていないからかもしれないが。

それにしても、二人にはなにかがあったようだ。

沙耶たちを味方ではなく敵だと見ているのかもしれない。

居心地が悪い、と思いつつ、あとに引くこともできない。ここで見捨てるのも気持ちが悪いし、もう少し距離を縮める手段が欲しかった。

いずれにしても湯本が勝負になるだろう。

沙耶は、月也の布団に潜《もぐ》り込むと、さっさと寝ることにした。月也ももう照れることはない。

宿は相部屋だったから、傍《そば》には萩屋と小雪も身を横たえていた。

こちらは相変わらず布団を並べて敷いていて、清らかなものである。

沙耶の方は自宅にいるときよりも月也にくっついているといえた。

といっても、これはこれで寝苦しい。肌を重ねているとどうしても月也の体温を意識してしまう。

「やっぱり月也さんの方が温かいです」

こっそり呟《つぶや》くと、月也が軽く吹き出す。

「なにがおかしいのですか」

「なんでもない。沙耶も充分温かいぞ」

どう考えても月也の方が温かい、と反論しようとしたが、疲れているのもあって早々に眠り込んでしまった。

翌朝起きると、筒井からの手紙が届いていた。夜を徹して手紙が届くというのはなかなか大したものである。

手紙には、忍藩の状況が書いてあった。藩主松平忠堯は、文政六年に藩主になって以来、藩内に重い御用金《ごようきん》を課している。これが民衆の反感を買っていることは間違いなさそうだった。

忍藩は石高《こくだか》よりも、足袋の売り上げのような商業的な収入が多い。だから年貢ではなくて御用金という形になる。

この御用金は商人にとってはかなりやっかいだ。年貢は、もちろん藩主が決めていい。ただし、あまり重税を課して農民に一揆《いっき》でも起こされると藩が取り潰される危険がある。

幕府は決して大名の味方なわけではない。その意味では、農民は守られているとも言える。

ただし、商人は守られない。御用金は、「儲かった分の何割を納めろ」ではない。藩主が「いくら必要だからよこせ」と金額を指定する。

年貢よりも遥《はる》かに実質的な負担が大きいといえた。しかも、商人は農民と違って一揆を起こすこともない。

藩主が生き血を絞ろうと思うなら、商人からの方が都合がいい。

これに幕府が介入することはない。

そうすると、「足袋問屋と徒目付の娘の駆け落ち」というのには隠された意味がある気がしないでもない。

もし藩政にかかわる秘密があるなら、沙耶たちは邪魔だろう。

ここまで考えて、いったんやめた。沙耶が思案することではない。ただの駆け落ちかもしれないからだ。

沙耶にとって重要なのは、仇討ちを煽っている「仇討ち屋」の瓦版屋をどうするかだろう。

宿を出立すると、今日は駕籠に乗り込んだ。小雪たちも素直に駕籠に乗る。

「湯本まで頑張りましょう」

大磯を出ると、駕籠の数が少々増える。旅人はみな、今後のことを考えて体力を温存しているのかもしれない。

とはいえ大平が徒歩である。大磯から小田原までは四里。海沿いの道はなだらかで、松並木を眺めながら歩いていくことになる。

穏やかな風と松の眺めはいかにものんびりしているようだが、実はかなり体力を使うらしい。

一日潮風に当たると体も冷える。単調な風景の中を歩くのは、思うよりは疲れるようだ。

大磯から小田原までは小さな村が点々としているだけで、宿もなければ食事をとれる場所もない。一里塚のところに茶屋が出ているくらいだ。

慣れた連中は魚を釣って、海の水で洗って刃物でそいで食べるらしいが沙耶たちには無理なことだ。

駕籠のおかげでさっさと小田原につけそうなのは助かる。

道々には子供もいるが、それよりも、のぼりを立てて歩いている集団がいる。女性が多く混ざっていて、そこだけ異質だった。

「あののぼりはなにかしら」

沙耶は駕籠をかついでいる人足に声をかけた。

「ああ。あれはお伊勢参りですよ。ばらばらに行くと危ないからね。ああやって集団になってるんです」

「のぼりを持っているひともただの参拝客なの？」

「あれは御師《おんし》ですね。お伊勢参りを盛り上げるための人ですよ」

「おんし？」

「そうです。いろんなところから伊勢参りに人を連れていくんですよ」

お伊勢参りというのは、何もしないでいて人気があるわけではないようだ。御師と言われる人々がお参りの熱が冷めないようにしているらしい。

たしかに、お伊勢参りに行ってよかったという噂が広まれば、行きたいひとも増える。口の端に上る数が多ければ印象も強くなるだろう。

江戸に暮らしていても、旅というとまずはお伊勢参りである。その陰には努力している人々がいるものなのだ、と感心する。

「箱根を越えると、御師の腕が物を言いますね。あとは押し駕籠太夫でしょうか。あっしらが言うのもなんだから、あとは宿で聞いてください」

「そんなことよりも、そろそろ難所ですよ」

春吉が声をかけてきた。

「難所？」

「酒匂《さかわ》川があります」

「川があると難所なのですか？」

「渡らないといけやせん。橋もなければ船もない。人足に背負われて歩いていくんですよ」

「人足に背負われるってどういうことですか？」

「おぶわれていくんですよ」

どうやら、川を渡るときに、おぶわれなければならないらしい。が、男におぶわれて川を渡るというのはいかにも恥ずかしい。

「他の方法はないのですか？」

「蓮台《れんだい》という台の上に乗って渡る方法もあります。少々値段が張りますが一番安全です」

よくわからないが、他の方法はなさそうだ。

「とりあえず酒匂村で様子を見ましょう。川ってのはいつでも好きなときに渡れるわけではないですからね」

「そうなの？」

「川越し人足は明け六つから暮六つまで。他の時刻は川は渡れません。他の地域で渡るのは禁止です」

どうやら、わりと厳密な規律があるらしい。

「川の水が多かったら川止めといって渡れなくなります。だから酒匂川の両側は酒を飲ませる店が多くてね。みんなが飲んだくれてるから酒匂川だって言う奴がいるくらいですよ」

酒匂川の傍までいくと、たしかに酒の匂いがする。どうやら、昼間から酒盛りをしているらしい。

川の水があふれて渡れないわけではなくて、昼から飲ませる店が多いというのが理由のようだ。

沙耶からすると、一刻も早く抜けたい場所である。

馬入川では船があったのに、酒匂川では船がないというのはどういうことなのだろう。

川岸まで行って思ったのは、川が存外浅いことである。人間が渡るには深いが、船を行き来させるには少々浅いかもしれない。

川は川越し人足と呼ばれる人足と、川を渡る人々で混雑していた。みんな人足におぶさって川を渡っている。

振り落とされずに渡っているのが不思議な気がする。旅人は人足の頭にしがみつくようにしていた。

女性であっても、人足の頭にしがみつかずにはいられないようだ。

これは沙耶には無理そうだ。

一方、人足が四人がかりで桟敷のようなものを運んでいる姿が見える。あの桟敷には乗れそうな気がする。あれが蓮台というものだろう。

「わたしはあれにします」

沙耶が言うと、月也が考え込んだ。

「俺はあっちの人足の方が楽しそうだと思うがな」

「わたしにはとても無理です」

「小雪殿と沙耶で台に乗ればいいのではないか？」

月也に言われて、それはそうだと思う。小雪も、人足の背中に乗るのは無理に違いない。

沙耶は駕籠を降りて、小雪の方に向かった。

「どうやって川を渡りますか？　わたしは蓮台というのに乗ろうと思います。一緒に乗りませんか？」

沙耶に声をかけられて、小雪はほっとした表情になった。この川越えをどうしていいのかわからず、とまどっていた様子だ。

「お願いします」

小雪が頭を下げてきた。

結局、沙耶と小雪が蓮台、萩屋と月也は人足となった。

直接かつがれるのよりも大分楽だが、川の上を渡っていくのは怖い。浅いとはいえ、間違って落ちたらそのまま溺れてしまいそうだ。

台の上に乗ると、体が浮いた。静か、というわけにはいかない。ゆらゆらと台が揺れるのはかなり怖い。小雪も青い顔をして川を見ていた。

「萩屋さんのどこが好きなのですか？」

気をまぎらわすためもあって、小雪に話しかける。

「どこ？」

「ええ。好きなところ」

小雪は少し考えると、答えずに沙耶に質問してきた。

「沙耶様は、旦那様のどんなところが好きなのですか？」

聞き返されて、沙耶は考える。どこが好きか、とあらためて問われると困る。無性に好きとしか言いようがない。

音吉たちに言わせるとどうしようもないところも、沙耶からすると好ましい。そう考えると理屈を立てて説明するのはなかなか難しい。

「全部好きとしか言いようがないですね」

「わたしもです」

小雪が答えた。

うまくはぐらかされたとも思う。

嫌いな部分を数えることはできても、好きとなると「好き」という感情に塗りつぶされていく気がする。

「駆け落ちするくらい好きなんですものね。全部好きですよね」

「はい」

小雪はそう答えたが、表情はあまり明るくない。駆け落ちの不安というよりも、もう少し別の感情がありそうだ。

ふわふわした感覚に悩まされつつも、やっと対岸につく。短時間でも空中のようなところにいると、地面がすごくなつかしい。

「自分で立つとほっとしますね」

小雪に声をかけると、小雪も頷いた。

「ここからしばらくは歩きましょう」

沙耶たちは、小田原までは少し歩くことにした。

小田原に入ると、今度はいかにも賑やかな風情になる。宿場町というよりも江戸に近い。

町の人々が生活しているという活気がある。宿場町とは違う、地に足が着いた生活の様子を感じられた。沙耶は江戸から出たことがないから、他藩の様子はまったくわからない。これが他藩かという印象であった。

いままで通ってきた宿場町は、宿屋が集まって町になっている感じだったが、小田原は町の中に宿がある雰囲気だ。

「ここで用事があるので、湯本で落ち合うということでいいでしょうか」

萩屋が訊いてきた。

「わたしはかまいません」

沙耶は答える。月也も文句はないようだった。

その後、二刻ほど自由に過ごすことにした。小田原は有名だがもちろん来たことはない。思い出は作りたかった。

小田原の宿場の入り口につくと、まだ昼だというのに素早く女たちが三人寄ってきた。

「今夜はお泊まりですか?」

沙耶たちを男二人と見て寄ってきたのである。

「泊まりません」

沙耶が答えると、すぐ女だと気がついたらしい。

「あら、若衆風ね。駆け落ちかい?」

「そうです」

「残念ね」

女たちの一人が、沙耶の右手を両手で摑んだ。

「お金さえ払ってくれるならわたしはいいよ！」

女は明るく言った。

「ごめんなさい。機会があれば」

沙耶の言葉のなにがおかしかったのか、女たちは笑いころげた。

「いい旅をね！」

笑顔に送られて町の中に入る。

町の中は潮の匂いよりも生活の匂いが強い。江戸に暮らしている沙耶からすると、海辺よりも落ち着く匂いだ。

「月也さん、ういろうというものが買いたいです。お土産にもなります」

「ういろうか。たしかに良いな」

月也も頷いた。ういろうは「透頂香《とうちんこう》」とも呼ばれる薬だ。小田原名物の万能薬で、江戸でもかなり有名である。

沙耶も欲しいと思いつつも手に入れられないでいた。いい機会なので買わないわけにはいかないだろう。

「梅干しも買いたいですね」

「まるで物見遊山だな」

「そうですよ。湯治ですから。いまここにいるわたしたちは同心でも小者でもなくて、ただの夫婦です」

沙耶が言うと、月也も納得した表情になった。

「それはそうだな。俺もなにか買うとしよう」

言ってから、月也がぽん、と手を叩く。

「透頂香ではなく、ういろう餅の方はどうだ」

透頂香に似た形の菓子も「ういろう」と言う。出している店も同じだが、もちろん似たような店は本家以外にも数多くある。

本家もあれば元祖もあるといった様相だ。

江戸の団子が小田原のういろうに当たるのだろうか。茶店でも、ういろうを扱っている店は多いようだ。

食べたことはないが噂には聞いている。食べてみたくはあった。

「では、食べてみましょう」

小田原は街道だけあって茶店が多い。とりあえず手近な店に飛び込むことにした。

「いらっしゃい」

店主が笑顔で迎えてくれる。まだ若い店主で、どうやら同じ歳くらいの女房と二人で店を切り盛りしているようだった。

「茶といろうをくれ」

月也が言うと、すぐに運ばれてきた。ういろうは半透明で綺麗な色をしている。口に入れると甘さもあるが、つるりとした食感が気持ちいい。

饅頭《まんじゅう》とも羊羹《ようかん》とも違う感じで新鮮だった。

「これは美味しいですね」

ただ、土産にすると傷んでしまうだろう。買って帰るのは薬の方がよさそうだ。

「このあたりに番屋はあるかい？」

月也が店主に訊く。

「なにかお困りですか？」

「いや、こちらの番屋がどういうものなのか見たくてね」

「お役目の方ですか？」

「江戸では同心をやってるんだ。今回は湯治だから十手《じつて》は持ってないけどな」

「目明《めあか》しではなくて同心なのですね？」

店主が念を押すように言った。目にやや警戒するような色がある。

「同心だ」

「わかりました」

あきらかにほっとした表情になる。同心と聞いてほっとするということは、このあたりにあまりタチのよくない岡っ引きがいるということだろう。

「なにか目明し相手に困ってることがあるのかい？」

「いえ。贔屓にしていただいてます」

店主がいかにも作った笑顔を見せた。

岡っ引きは、もともと悪い連中とつるんでいた人間が、悪い人脈を生かして十手を持つことが多い。

そのわりに収入にならないから、店にたかる。江戸の岡っ引きもタチが悪いものはいるが、地方はもっとはげしい。

沙耶はあまり岡っ引きと付き合っていない。もちろんそこそこの付き合いはあるが、沙耶は岡っ引きではなくて女たちの力で事件を解決するから必要ないのだ。

有能な岡っ引きのおかげで事件が解決するということも多いから否定はできない

が、好き嫌いで言うと好きではない。

「どんな岡っ引きなんだい？」

月也がのんびりと訊いた。

「このあたりを仕切っているのは、ほおずきの源二《げんじ》って親分です。ほおずきのって呼ばれているのは、ほおずきを食べるのが好きだからです」

「食べられるの？」

「毒ですけどね。死にはしないですよ」

どうやら、変わった趣味の岡っ引きらしい。

月也は興味をそそられたらしいが、沙耶はいまひとつ岡っ引きのことには乗り気ではない。

「ところで、このあたりは瓦版は流行ってるのかい？」

「そうですね。最近は仇討ちが多いので、よく売れます」

「そうなのかい？　親の仇でも出るかい？」

「いえ。女敵討ちですよ。不義密通の成敗ですね」

店主が肩をすくめる。

それにしても、と、沙耶は思う。

そんなに簡単に密通が見つかるものだろうか。道ならぬ恋は基本的には死刑になってしまうのでなかなか踏み切れないもののはずだ。

「ここの町のひとたちが事件を起こすんですか？」

「いえ。さまざまな藩の人々が駆け落ちしてきて、女敵討ちに捕まるんです」

「小田原で相手に捕まるってことですか？」

「そうです」

「それは、正式な手続きの仇討ちなの？」

仇討ちは許可制で、許可証もいる。だから、そんなに簡単に仇討ちが展開することはない。もちろん、あとから申請もできるには違いないが、仇討ちと認められなければ死罪である。なんといっても殺人なのだ。

「正式なものではないですね。あと、誰かが死んだという話も聞きません」

「どういうこと？」

「最後は示談で終わるのです。土下座でおしまいです」

「誰も死なないということですね？」

「そうです」

女敵討ちを示談ですませるのは江戸と同じようである。不義密通はされた方も親を殺された場合などと違って外聞が悪い。正式に届け出て記録を残したくない人も多いのだ。

もしかしたら瓦版屋は、示談でおさめて仲裁料を取るのかもしれない。

瓦版が一部あたり二十五文から三十文。原価を考えると儲けはせいぜい十文というところだ。

千部も売れればたしかに二両を超えるが、実際には百部も売れれば上等だ。儲けのためにやるには金額が小さい気がする。

もう少し儲かる算段がありそうだった。

いずれにしても、真面目な駆け落ちを食い物にしているというのであれば許せることではなさそうだった。

ただ、瓦版屋は悪意ではなくて商売なのだろうから、やはり反省はしてくれないような気もした。

「沙耶、湯本まで行ってゆっくり考えよう」

月也の方は、もう気持ちは温泉に向かっているらしい。ういろうを食べて小田原は満足したのだろう。

沙耶の方も、温泉というものに入ってみたいし、筒井からの手紙は気になるしで早く湯本に行きたかった。

「番屋はどうするのですか?」

「帰りにのぞく」

月也はさっきまでとは少々違った素気ない態度を見せた。

なにか気になることがあるらしい。

小田原から箱根湯本までは、駕籠で行く分にはつらくない。山道ではあるので歩くと厳しいかもしれないが、宿まではすぐついた。

福住、という宿である。江戸のはじめあたりから営業しているらしい。といってもそう大きな宿ではない。

こぢんまりとした印象で、大きな民家という感じだ。帳場に行くと、人のよさそうな男が出てきた。

「いらっしゃいませ」

「紅藤と申す」

月也が言うと、店主が満面に笑みを浮かべた。

「筒井様よりお話は伺っております」

そう言うと、沙耶たちを部屋に案内してくれた。沙耶たちの入ったのは四人用らしい、ごく狭い部屋である。

「食事は温泉のあとになさいますか？」

「そうします」

「では温泉をお楽しみください。温泉に手ぬぐいは置いてありますから。そのままでお入りになっても大丈夫ですよ」

店主が行ってしまうと、沙耶は月也と顔を見合わせた。

「どうしましょう」

「温泉は入りたいな。なんだか初めて温泉宿らしいものに来た感じがするぞ」

月也に言われて沙耶もそう思う。

荷物から浴衣《ゆかた》を出して月也に渡す。自分も浴衣を着ることにした。

この旅のために古着屋で買った浴衣である。白地に唐紅《からくれない》色と紅梅《こうばい》色で牡丹をあしらっていた。

赤い色は奢侈にひっかかってしまって、町人は着ることができない。武士にしても大っぴらに着るのははばかられる。

しかも赤は扇情《せんじょう》的な色だから、まるで月也を誘っているようで普段は遠慮していたのである。

そして、湯文字《ゆもじ》は白にした。腰に巻く湯文字は緋色《ひ》か白で、緋色が人気だったが沙耶は白い方が好きである。銭湯用の湯文字をつけた。

単なる湯文字だと風呂の中でめくれあがってしまうので、湯に入るときは重りを縫い込んだものを使う。

今回月也の前で初めて浴衣を着ることになって、少しどきどきする。これまでの宿ではこの浴衣を着る気持ちにはならなかった。

温泉場に行くと、湯治客は三人いるだけであった。思ったよりも人が少なくてほっとする。

体をざっと流すと湯に入った。

ぬるい。

銭湯とはまったく違う温度である。江戸でも女風呂は普通の銭湯よりも温度が低いが、それよりもなお低い。

温まっているかどうかわからない温度の湯だが、しばらく浸かっていると、額にじんわりと汗が浮かんでくる。

どうやら体の芯は温まっているらしい。

額に玉の汗をかくころになると、だんだんと湯のぬるさが気持ちよくなってくる。

このまま入っていると眠ってしまいそうだった。

湯から上がると、かなり喉が渇いている。湯屋の入り口に、水の入った桶とひしゃくが置いてあった。湯呑《ゆのみ》もある。

どうやらこれで水を飲めるらしい。水の味はまろやかで美味しい。湯上がりの体に染み渡るようだった。

部屋に戻ると、小雪と萩屋がついていた。

「いいお湯ですよ」

沙耶が声をかけると、小雪も興味を示したようだった。

「お湯は熱いですか？」

「むしろぬるいくらいです」

「ではわたくしも行ってまいります」

小雪は萩屋の方に目をやった。

「わたしはあとでいただきます」

萩屋が頭を下げ、小雪が出ていく。

月也はまだ戻っておらず、部屋の中は沙耶と萩屋の二人である。沙耶はここで切り込むことにした。

「お二人は駆け落ちなんですよね？」

「左様でございます」

「でも狂言ですよね？」

言った瞬間、萩屋の顔がひきつった。

「どういうことですか？　言いがかりはやめてください」

「でも、小雪さんに恋をしていないでしょう？」

小雪を見送るときの顔が、どう見ても「男」ではなくて「取引先」という感じがしたのである。

小者として江戸を歩いていると、人間同士の距離には敏感になる。主人と番頭にしても、心の距離は店によって違う。

萩屋と小雪の態度は、まさに主人と番頭という様子である。少なくとも小雪はちがう。萩屋の片思いならあるかもしれないが、両想いはないだろう。

「そんなことはありません」

萩屋は否定したが、言葉は弱い。

「商売の都合で駆け落ちの形をとったということですね？　とても本物の駆け落ちには見えませんよ」

沙耶が言うと、萩屋は両手を畳についた。

「見逃してください」

「わけをうかがいたいのです。それに、最初の宿では素早く逃げましたけど、実は追手が来ることを知っていたのではないですか？」

「なぜそう思ったのですか？」

「あなたたちが駆け落ちであるということをだれかに教えておきたかったのではないかと思うのです」

「すごい眼力ですね」

萩屋がため息をついた。

「食事のときに、詳しくうかがってもいいですか？」

「わかりました」

答えてから、萩屋は晴れ晴れとした顔になった。

「秘密を抱えるのはなかなか厳しいもので、語れるのが嬉しいです。温泉に浸かってまいります」

そういうと、萩屋は部屋を出ていった。

入れ替わるように月也が戻ってくる。

「すっかりのぼせてしまったぞ。あのお湯はなんだ。浸かっている感じがしないのに体の芯まで茹で上げられてしまう」

「いいお湯でしたね」

「江戸にはあのようなものはない。あれが温泉というものか。銭湯と似ていると思っていたが、まるで違うな」

月也が感心したように言った。たしかに、銭湯はゆっくり浸かるというよりもさっと温まるためにある。

それに対して、温泉はじっくりと体に熱を通していく感じだ。

「月也さん。小雪さんたちの駆け落ちは、狂言だそうですよ」

沙耶が言うと、月也があっさりと頷いた。

「やはりな。そういうことはあるだろう」

「驚かないのですか？」

「なんとなく雰囲気がおかしかっただろう」

「そうですね」

あらためて沙耶は二人の距離感で疑問を持ったのだが、月也も同じ視点なのだろうか。

月也は座り込むと、腕組みをした。

「あの萩屋という男、小田原で商売をしていた。足袋を商《あきな》っていたようだ」

「どうしてわかったのですか？」

「二人の会話が聞こえた。それでやはりおかしいと思ったのだ」

「路銀を稼いでいたのではないですか？」

「いや、後の商売のことも考えている様子だった。そこで根付こうとするのでなければそういう会話にはならないはずだ。かといって追手がいるのがわかっているのに、根付くわけがない」

月也の言うことはもっともだ。

「狂言だとしても、我々が立ち入ることでもないからな。相手が相談してくれなければどうにもなるまい」

話し合っていると小雪と萩屋が戻ってきた。二人とも充分に温まったという表情をしている。

二人が入ってきてしばらくして、店主がやってきた。

「お料理の準備ができています。こちらで召し上がりますか？」

「よろしくお願いします」

沙耶が頭を下げた。

「大したものはありませんが」

言いながら、女中が料理を運んでくる。

飯と味噌汁。豆腐。それから煮た鰻。煮た大根。焼いた大根。切り干し大根。大根の漬物《つけもの》。と、大根づくしである。店主が言う。

「このあたりは川で取れるものと豆腐、あとは大根なんですよ。でも、どれも味には自信があります」

「豆腐といえば、大磯の豆腐も美味しかったです」

「海水豆腐ですね。あれも美味しいですが、うちも負けてはいませんよ」

福住で出てきた豆腐は、豆乳の中に豆腐が置いてある、というものだった。その上から、これでもかというほどすり下ろした山芋がかけてある。

「旅の疲れには山芋ですよ」

一口食べてみると、豆腐としてはしっかりした身がありながら、海水豆腐のようなふわふわした食感と甘みがある。それに山芋の風味が加わって、いかにも体に力がつくような気持ちになる。

「これはすごく美味しいですね。山芋だけではなく、豆腐自体もとても美味しい」

「それは温泉のせいです」

店主が笑顔で言う。

「温泉？」

「このあたりは、井戸を掘ることが禁止されてるんですよ。水ではなくて温泉が出てしまいますからね。この豆腐は温泉の水で作ってるんです」

それで独特の美味しさがあるのか、と感心する。水の味が違うというのはそれだけ大きなことなのだ。

鰻の方に手をつけると、身がとろとろになるまで煮てあるものだった。皮のぬめぬめした部分も上手く煮あがっていて、臭みもまったくない。味は生姜《しょうが》を効かせた醬油味である。甘みのある味に煮込んであった。

大根は出汁を張らずに煮たようだった。味付けは塩だけのようだが、大根からいい風味が出ている。

「これは美味しいですね」

萩屋が感心したように言った。

「本当、このような大根は初めてです」

小雪も満足したような表情になる。

飯も、江戸で食べるよりもふっくらとしている気がする。これもやはり温泉の水を使っているのだろう。

「ところで、なぜ狂言駆け落ちなど考えたのだ」

自分で「口出しできぬ」と言いながらまったく空気を考えぬ発言だ。驚いて月也の顔を見ると、すっかり赤くなっている。

どうやら知らない間にけっこう酒を飲んでいたらしい。

萩屋と小雪が、思わず顔を見合わせた。

「なにも責める気はない。なにか力になれぬかと思ったのだ。袖振りあうも多生《たしょう》の縁というではないか」

二人は月也にそう言われたものの、まだ心を開いている様子ではない。同じ宿に泊まっているだけで本当のことを話し合ったことはないのだから、それはそうだろう。

「ところで、瓦版屋とはなにか話しましたか？」

沙耶は気になっていることを小雪に聞いた。

「はい。助けてもらっています」

「助けてもらう？」

「今回の旅のことを相談に乗ってもらったのです」

「待ってください。小雪さんは忍藩から来たのですよね？」

「そうです」

「忍藩で相談に乗ってもらったのですか？」

「はい」

沙耶と月也が唸る。

忍藩でなにか相談したとして、それが小田原藩にまで通じることはあり得ない。藩が違えば別の国だ。そのような幅広い行動ができるはずがない。

沙耶は、あらためて萩屋を見た。

「忍藩でどのように相談したのですか？」

「最初は忍藩ではなく、江戸で相談したのです。板橋《いたばし》で巡り合った方です。そのあと忍藩まで来ていただいたのですよ」

「瓦版屋にですか？」

「そうです」

それも間尺《ましやく》に合わない。どう考えても、身近で売る瓦版のために他藩まででかけるということはあり得そうにもない。

いや、と、沙耶は思った。江戸での牡丹との会話を思い出す。

誰かが強請りを行おうとしているなら、それは一度だけとは限らない。何度も強請ろうとするのではないか。

もしかしたら、継続的に強請れる人脈を築こうとしている者がいるのかもしれない。

思ったよりも大事件なのだろうか。しかも、その実情が表に出ることはこれまでなかった。

「相談に乗ってもらう条件は、なにかあったのですか？」

「特にはないです。ただ、今後も助けたいから、どこかに身を落ち着けたら場所は教えてほしいと言われました」

「やはり、相手の手に乗っかってみるしかないな」

月也が言う。

「ところで、小雪さんはあの倉坂様という方と、言い交わしているのではないですか？」

小雪は一瞬迷ったが、頷いた。

「そうです」

「なぜこのようなことをしているのです？」

「倉坂様とは言い交わしていましたが、最近あちらに良い縁談が舞い込んでしまったのです。このままでは強引に破談にされそうでした」

「それならば倉坂様と駆け落ちしないと意味がないのではないですか？」

「そんなことをすれば本当に追手が来てしまいますよ」

たしかにそうだ。小雪を斬ってしまうということも充分にある。つまり、小雪が他の男と駆け落ちして、倉坂が追いかけたという形にしたかったということか。

そこで沙耶は気づく。そのようにしておいて、合流して本当に駆け落ちをするという寸法だ。遠くに落ち延びてしまえば追手がかかることはないだろう。

「ただ、その場合お兄様と萩屋さんはどうするのですか？」

二人が駆け落ちしてしまったら、残りの二人も帰ることはできない。結局は四人で脱藩するようなものだ。

「わたしは商売人ですから、どこででも生きていけます。兄上も対策はあるようですよ」

萩屋が胸を張った。

「でも、そうまでしてどうして小雪さんに協力するのですか？　萩屋さんのこの先の人生を全部なげうつようなものではないですか」

沙耶に言われて、小雪が下を向いた。

「ええ。たしかにその通りなのです。好きというだけで他人の人生をふいにするようなことは、よくありませんよね」

「いいのです。小雪様。わたしは小雪様の恩に報いたいのです」

どうやら、二人の間にはまだなにかあるらしい。恩があるからといって、自分の人生を投げだしてしまえるものだろうか。

「恩とはどのようなことなのですか？」

「じつは、松平様が御藩主になられたとき、手前ども足袋問屋はたいそう重い御用金を課せられました。それがあまりにも重すぎるので、忍藩を捨てて逃げねばならないと相談していたところ、小雪様の父君が奔走《ほんそう》してくださって、御用金の額が下がったのです。ただそのせいで父君は、お殿様の不興を買ってしまいました」

「それが駆け落ちに関係あるのか？」

月也が口をはさむ。

「そのあと、小雪様と倉坂様の縁談がまとまりかけたのですが、お殿様はあまりいい顔をされなかったのです」

たしかに、藩主がいい顔をしないのであれば結婚はやりにくい。というか武士の場合はできないだろう。だとすると、小雪と倉坂はそれすらかえりみぬほど燃えるような恋をしているということだろうか。

それにしても両家の被害を考えると大きな決断だ。

いや、と、沙耶は思った。徒目付の娘と、藩主の重臣の駆け落ちとなると、藩主の外聞は悪い。藩主の方針に問題があると疑われかねないのだ。

だとすると、藩主側はなにか揉み消す方法を思案するかもしれない。

「それは危ないな。お主たちは殺されるやもしれない」

月也が物騒なことを口にする。

「それは……」

「狂言だろうがなんだろうが、駆け落ち騒ぎなど起こされたら藩の面目に関わる。人知れず殺してしまえと思う方が自然だ」

小雪の顔色が変わった。心当たりがないわけではないのだろう。

「ただ、忍藩の武士として他藩で家臣を殺すことはできない。もし殺すなら盗賊の仕《し》業《わざ》ということにするのではないか」

「どのようにしたら防げましょうか」

小雪が思い詰めた顔をする。

「箱根を越えてしまえば、逃げ延びられると思います」

と沙耶が言う。

しかし箱根の関所は、たとえ身分が高かったとしても簡単には越えられない。越えさせないための関所だからである。

町人がお伊勢参りに行くのとはわけが違うのだ。

そこまで考えて、沙耶はふと、ある方法を思いついた。

「そうですよ。抜け参りですよ」

「はい？　どういうことですか？」

「武士の駆け落ちだからややこしいんです。抜け参りということにして出かけてしまえばいいのです」

「そんなことができるのでしょうか」

「おそらくできます」

大磯から小田原へ向かう途中で見た御師という人が力になってくれるのではないか。お伊勢参りがからむことではあるし、美談になりそうなことだから、協力してくれるかもしれない。

「ただし、もう本当に国には戻れないかもしれませんよ」

「平気です。わたしは商売をするのですから、どこでもいいのです。妻がいるわけではないですしね」

萩屋がちらりと小雪を見る。肩の力が抜けたのだろうか、萩屋の態度はこれまでより自然で、その様子を見て沙耶はなんだか納得した。小雪は倉坂という男が好きなのだろうが、萩屋は萩屋で小雪が好きなのだ。

だから、駆け落ちごっこに付き合うことで自分の恋を貫こうとしているのだろう。あとにはなにも残らなかったとしても、小雪と夫婦の真似事がしたかったのかもしれない。

切ない恋というのはあるものだ、と思ってしまう。

「明日手配することにして、今日は寝ましょう」

「はい」

沙耶は月也と同じ布団で寝たが、あちらはやはり別々である。萩屋はどのような気持ちで眠っているのだろう、と少し悲しくなった。

「どうしたのだ、沙耶？」

「いつもより長めに胸に顔を埋《うず》めているだけです」

「そうか」

月也はなにも聞かずに黙っている。こういうときは器量があるのだな、と思って顔を見ると、酒が回ったらしくもう眠っていた。

月也らしい、と思いながら、沙耶もすぐに眠りに落ちた。

朝になって、すぐに宿で御師を知っているか尋ねる。

「おんしですか。おしですか」

「違うんですか？」

「お伊勢参りならおんし。他のお参りならおしと言うのです」

「呼び名から分けているのですね」

「それが伊勢神宮の力の強さなんですよ」

御師はお伊勢参りのために地道な努力をしているのだろう。信心のおかげで幸せになったというのが一番信者を増やす。それだけに頼りになりそうだった。

「おんしの方でお願いします」

「わかりました。では、湯本から少し箱根の方に向かったあたりにある「伊勢屋《いせや》」という旅館を訪ねてください」

店主に言われるままに伊勢屋を訪ねると、福住と違って大きな宿であった。宿の前にはのぼりを立てた人々が数多くいる。

「あ、餅のおじさんだ」

子供が二人、月也のもとに走ってきた。

月也が餅を食べさせた子供たちだった。

「お前たち、どうしたんだ？」

「お伊勢参りの旅に混ぜてもらえたんだ」

「金はかからないのか？」

「うん。大丈夫。お伊勢に行って故郷でお土産話をすればいいんだって」

「そうか。よかったな」

「おじさんたちも混ざる？」

「簡単に混ざれるのか？」

「うん」

子供たちが月也と沙耶の手を引いて歩いていく。

伊勢屋の中では、御師と思われるひとたちが帳場でさまざまな手配を行っているところだった。沙耶が子供に問う。

「この人数の旅の世話をしているの？」

「そうみたいだよ」

数人の御師が数十人の旅人の世話をしている様子だ。子供から女子《おなご》、老人までさまざまな人々がいて、少々人数が増えても問題なさそうだった。

沙耶は、一人の御師に近寄った。

「あの、ご相談があるんですけど」

御師がゆっくり振り返る。柔和な表情の男である。三十歳を少し過ぎたくらいだろうか、安心感を与える顔立ちだった。

「なにかお困りですか？」

「駆け落ちについてなんですけど」

沙耶が言うと、御師は大きく頷いた。

「では、あちらへどうぞ」

駆け落ち、というのはお伊勢参りにもつきものである。抜け参りに行くふりをして駆け落ちする場合も多いからだ。

それを無宿人にしてしまうわけにもいかないから、御師が適当な保証を与えて新天地に二人を送り出すというのは、ないことではない。

ただ、最近は瓦版屋の演出に行程を妨害されることもあって、御師としても少々手を焼いていたのである。

「瓦版屋は、いったいどのようにして駆け落ちの情報を集めるのでしょうか」

御師が答える。

「おそらく、駆け落ちする二人に力を貸すと言って、途中で裏切るのだと思います」

沙耶は途中で出会った瓦版屋のことを話した。

御師は頷いて聞くと、どうしたものか、と考え込んだ。

「もちろんお力はお貸しします。お伊勢参りにかかわる者として、あとからあとから被害者が出ていくのを見逃すわけにはいきません」

「なんとか瓦版屋をこらしめたいのですが、反省しそうにないんです」

「ああいう人間には心がないですからね。我々の信心をもってしてもやっかいです」

御師がため息をついた。沙耶が訊く。

「たびたび起こっているということは、同じひとたちが事件を起こしているのでしょうか」

「そうですよ」

「では、そのひとたちのことを瓦版にするのはどうでしょう」

「どういうことですか?」

「東海道中膝栗毛ですよ」

と沙耶は言う。東海道中膝栗毛は、作者が実際に体験したことを物語として書いている。だから物語仕立てではあるが旅行の手引きにも使われていた。

「瓦版屋を主役にして、悪い瓦版屋の物語をばらまけばいいのかもしれません。自分たちが書き立てるのには慣れていても、書かれるのには慣れていないでしょう」

「そうですね。それは面白いかもしれません。手配してみましょう」

「御師様は、お知り合いに瓦版を出すひとがいるのですか?」

「もちろんいますよ。お伊勢参りの客が買うだけでもかなり売れますから。喜んで飛びつくでしょう」

「同業者を叩くことに抵抗はないのでしょうか」

「ないでしょうね。彼らに仲間意識なんてないです。売れればいいんですよ」

それから、御師は小雪たちの方に目を向けた。

「どうぞ混ざってください」

小雪たちは素直に頭を下げる。

御師は、沙耶と月也にも目を向けると、笑顔になった。

「ここから箱根までは歩いてみるといいですよ。体はきついですが、駕籠ではわからない風景が必ずあります」

沙耶は、思わず月也の顔を見た。

「どうしますか？」

「まあ、ここから箱根くらいなら歩いてもいいだろう」

「では、歩いてみます」

と安請《う》け合いをしてみた。御師と別れ、歩き出す。

箱根湯本から畑宿《はたじゆく》を通って箱根まで。と言われれば簡単に聞こえるのだが、ずっと登り坂が続いていく。

ただひたすらに登るのがここまでつらいとは思わなかった。足首から始まって、膝、腿《もも》と重たくなっていく。

「大丈夫か？　沙耶」

「月也さんは平気なのですか？」

「このくらいは大丈夫だ」

月也の方は涼しい顔である。毎日同じ江戸を歩いているはずなのに、どうしてここまで違うのだろう。

石畳のおかげで歩けないわけではないが、江戸の道に比べると歩きにくい。そのうえいつ果てるともわからない坂である。

そもそも本当に箱根につくのか、とも思う。

誰もが無言になっていた。駕籠も通ってはいるが、屈強な人足もさすがに疲れ果てているようだった。

手をつなぐというよりも、腕を抱えられるようにして月也と歩く。やっとのことで二里近くを歩くと、街道ぞいに甘酒屋が並んでいるのが見えた。

「少し休もう」

月也に言われて、よろけるように甘酒屋に入った。甘酒屋の中は旅姿の人々でにぎわっている。

それはそうだろう、と沙耶は思った。

甘酒が運ばれてくる。一口飲むと、体に染み渡るようだった。疲れた体に甘酒がこんなに美味しいとは思わなかった。

体を休めていると、一人の男が近くにやってきた。

「紅藤月也様ですか?」

呼びかけられる。

「手前、小田原で読売をやっている辰五郎《たつごろう》と申します。御師の半田《はんだ》様より言われて参りました」

「なんだ？」

　そこではじめて、御師の名を聞かなかったことを思い出す。あまりにも自然に会話をしていたので名前を聞くのを忘れてしまったのだ。沙耶には普段はありえないことだから、半田という御師の雰囲気のなせる業なのだろう。

「瓦版の件で協力していただける方ですね」

「はい。わたしども困っておりましたので」

「困っていたんですか？」

「タチの悪い連中がいると、善良な読売まで目をつけられてしまいます。おかげで仕事がしにくくてしかたありません」

　たしかに、奉行なり藩主からすれば、どれがいい業者かなど見分けがつかないだろう。同じ扱いで締め付けるに違いない。沙耶が訊く。

「どういう手順にしますか？」

「普通に、相手の手に乗ってくれればいいですよ」

　それだけ言うと、辰五郎は去って行った。

「どうやら前から計画してたようだな」

月也が言う。

「そうなんですか？」

「そうでなければ、こんなに上手くは行かないさ。しかしこれでいい。駆け落ちを助けることがいいかどうかはともかくとして、今回の二人はいい人たちだからな」

たしかにそうだ。少なくとも小雪たちには罪はなさそうだ。萩屋が実らない恋をしている以外に、被害者はいないだろう。

甘酒を飲んで休むとなんとか回復した。

あと少し歩けば箱根である。

ところがそれが厳しい。ずっと登りなのである。

「月也さん」

「なんだ？」

「わたし、湯治は一生に一度でいいです。もうこのような道は歩きたくないです。江戸の銭湯は素晴らしい」

沙耶が言うと、月也は思い切り笑った。

「そうだな。俺も沙耶の料理が食べられなくて寂しかったところだ」

「たった数日ではないですか」

「よそ行きの料理はもういい」

月也はきっぱりと言った。

「どれも美味しかったですけどね」

「そうだな。でも味が濃いものが多い」

沙耶の料理も別に薄味ではないのだが、たしかに旅館の料理は家より味が濃い。それは旅をして疲れた体のための料理だからだ。

いくら江戸を歩き回るといっても、箱根の山道を登るようなことはないだろう。

甘酒屋を出てからさらに登る。一刻近く歩くと、目の下に芦ノ湖《あしのこ》が見えた。江戸には海はあっても湖はない。芦ノ湖の風景は心に焼き付く美しさだった。

「綺麗ですね」

「ああ」

月也が右手を強く握ってくる。

「いい思い出になるだろう。足が立たなくなるほど歩いたのも、やがては笑い話になっていくさ」

たしかにそうだ。苦しい記憶は薄れていって、楽しい記憶だけが残っていくに違いない。

「あの湖のほとりにあるのが箱根神社だな」

月也が指さした。湖のわきに山があって、その上が神社らしい。参拝客が列をなして登っていくのが見えた。

「あのほとりのあたりは女敵討ちに向いているかな」

「少し神社に近すぎませんか？」

「境内ではないから平気だろう」

女敵討ちは神社や寺社の境内ではできない。幕府に申請してあれば会場を設けるのだが、なければ路上である。

あの湖のほとりであれば瓦版屋は喜ぶと思われた。恐らくあの場所で小雪たちを待っているのに違いない。

そういえば、瓦版屋は小雪たちがそのまま逃げることを心配していないということは、示談ですませる準備もしてあるのだろう。

これがさまざまな所で流行っていくのは困る。

しかしそれにしても、今回の件はなんだか連携が取れすぎている。江戸の市内に元締めがいるような気がした。

沙耶たちが瓦版屋を捕まえることはできないから、なんとか痛い目を見せるつもりだった。

芦ノ湖の方まで下りていくと、沙耶に声をかけてきた瓦版屋、源太が現れた。

「約束は忘れてないでしょうね」

「覚えていますよ」

沙耶は頷いて、それから微笑んだ。

「相手の方はお待ちなんですか？」

「もちろんでさあ」

源太は先頭に立って歩きだす。

いつの間にか、沙耶の後ろに辰五郎が歩いていた。息も切れていないところを見ると、あの坂道もなんら苦ではないらしい。

箱根あたりに住んでいると、江戸の人間とは体のつくりが違ってくるようだ。

「ところで、なぜそうまでして瓦版を売りたいんですか？」

源太に問う。

「金が欲しいからに決まってるでしょう」

「なぜお金が必要なの？」

「女を迎えに行きたいんだよ」

源太はむくれたような顔になった。

「金がいるということは、身請《みう》けか？」

「そうだ」

源太が頷く。たしかに、金がいるとなるとどこかの女郎屋からの身請けというのが一番ありそうだ。

「どこにいる人なんですか？」

「まだいるかわからねえけどよ。程ヶ谷さ」

程ヶ谷と言われて、沙耶はふと遊女の松のことを思い出した。松はお金をためてまた戻ってくると言った男を待っていたはずだが、源太ということはあるだろうか。

「もしかして、お相手は松さんという方ではないですか？」

「なんで知ってるんですか？」

沙耶と月也は顔を見合わせた。

「程ヶ谷で世話になったのです。男のひとを待ってるっておっしゃってました」

「そうか。あいつには悪いことをしたな」

源太は大きくため息をついた。

「ということは、本当の名は松之助さんですね。どうして名前を変えたんですか？」

そう言われて、源太はゆっくりと語り始めた。

源太はもともとやや裕福な商人の家に生まれた。そして近くの矢場《やば》の娘と恋をして駆け落ちをしたのである。

が、箱入りだった源太は世間の風に耐えられなかった。松が体を売って生活を支えてくれたのだが、そんな自分に嫌気がさして逃げてしまったのである。

「だけどいつか金をためて迎えにと思って、もう三年がたっちまった。迎えにいくまで松之助とは名のらねえつもりだ」

「いつからこの仇討ち屋をはじめたのですか？　自分で思いついたということですか？」

「いや、江戸の人に誘われたんだよ。仕掛け読売をしようって」

「仕掛け読売？」

「黙ってても面白い事件ってのはなかなか起きないから。自分たちで作ろうってことだな。こっちから仕掛けたらけっこうみんなひっかかるのさ。そのうちそいつが面白くなっちまってね」

「今回も、仕掛けたんですか？」

「ああ。ただ今度のはいつもと違っててさ。少々大がかりなんだよ。なんだか藩主を諫《いさ》めるという気持ちもあるらしいよ」

しかし、駆け落ちでどうやって藩主を諫めるのだろう。

「なるほど。わかった」

月也がぽん、と手を叩いた。

「わかったのですか？」

いまの言葉のかけらだけでわかるとは、月也には沙耶の知らない面がまだ隠されているらしい。

「お前、いい奴だろう」

月也が源太に言う。

「え？」

源太が驚いた顔をした。

「わかったというのは、そこですか？」

沙耶も聞き返す。

「違うのか？　こいつ、いい奴だろう」

「そうですね」

沙耶は少々気が抜けた。今回の件の裏を月也が察したのかと思ったのである。しかし、月也らしいといえば月也らしい。

「ところで、なぜ藩主を諌めることになるのですか」

「よくわからねえけどさ。足袋屋と武士の娘が駆け落ちすると藩主の面目が潰れるんだってさ」

なんだか大きなわけがあるらしい。

「お待たせしました」

小雪たちが無事追いついてきた。

「もう目的地は目の前ですよ」

「はい」

芦ノ湖まで下りていくと、沢田と倉坂が待っていた。小雪と萩屋が二人のもとに歩いていく。

「やりますかい？　旦那」

源太が訊いた。

「いや、もういいんだ」

沢田が言った。

「もう解決した。殿がわかってくれた」

小雪の顔がぱっと輝いた。

「本当ですか？」

「ああ」

小雪と沢田が抱き合うのを見て、沙耶は月也と顔を見合わせた。

「どういうことか説明してもらってもいいですか？」

「ご迷惑をおかけしました」

沢田が沙耶に頭を下げた。

忍藩は、三年にわたる重い御用金で商人たちが疲弊《ひへい》していた。松平家は家禄《かろく》に対して家臣団が多く、やむをえない部分もあるが、このままでは商人が倒れてしまう。かといって奉行所に正面から言っても通じない。最悪、幕府への直訴という手段もあるが、そうなると藩がおかしくなってしまう。

そこで考えたのが、足袋商人と徒目付の娘の駆け落ちである。普通に見れば駆け落ちだが、藩主から見ると「足袋の技術が他の藩に流出する」という演出であった。程ケ谷で駆け落ちの様子を瓦版屋が書けば、藩のごたごたが広く知られてしまう。程ケ谷での鬼の描かれた瓦版が決め手になったらしく、藩主の態度が軟化したらしい。

「わたくしたちの駆け落ちは、成功したのですね」

小雪はほっとしたように言った。

「よかったですね」

沙耶も声をかける。

「はい。これで倉坂様と夫婦になれます」

「おめでとうございます」

萩屋も嬉しそうに言った。

萩屋の恋心に、小雪はまるで気がついていないようだった。少々鈍いのではないかと思う。

恋心に気づいていないなら、無用に傷つけることも多かっただろう。

「あ。でも、そうだとすると、瓦版屋をこらしめることができませんね」

沙耶が言うと、源太が驚いた顔をした。

「こらしめるって？」

「だってあなたたち、周りの人に迷惑をかけてるではないですか」

沙耶に言われて、源太は考え込んだ。

「金が欲しい以外考えなかったからな。でも考えてみれば、女敵討ちを煽るのはあまりいことじゃねえかもな」

言ってから、源太は頷いた。

「わかった。俺も含めてさ。仇討ち屋をやってる瓦版屋の人相書きを作るといいよ。俺もさらされてもいい」

「平気なのですか？」

「もう金もたまったし、松を迎えに行くよ。瓦版もやめる」

沙耶は辰五郎の方を見た。辰五郎が言う。

「助かります。誰が仇討ち屋の瓦版屋かわかれば対応できますから」

「では、あとは辰五郎さんにお願いします」

沙耶は頭を下げた。

これで解決である。

それから沙耶はあらためて月也を見た。

「さて、ゆっくりと神社にお参りに行きましょうか」

箱根神社の周りには、寄木《よせぎ》細工の店が軒を連ねていた。焼いた団子や饅頭などの店も数が多い。

祭りでもないのに、まるで祭りのようだった。

上にある箱根神社にお参りすれば今回の旅は終わりである。

「楽しかったと言っていいのでしょうか」

「沙耶は嫌だったか？　俺は沙耶と旅ができて楽しかったぞ」

「わたしも楽しかったですけど、江戸のみんなが恋しいです」

「俺よりも恋しいのか？」

案外真面目な顔で月也が言う。

「一番は月也さんですよ。決まっているでしょう」

「俺は音吉に勝てる気がしないのだ」

月也がぼやいた。

「音吉さんにですか？」

沙耶は思わず笑い出した。いくらなんでも、音吉が月也と同じ土俵ということはないだろう。

「沙耶と風呂に入るではないか」

「それならみんな入ってますすよ。銭湯で」

「音吉はなんだか夫のようだぞ」

「わたしが夫なのではなくて？」

「そうだ」

月也が胸を張る。たしかに、男装をしている沙耶よりも音吉の方が男っぽいかもしれない。だが、さすがに夫ということはないだろう。

「悋気《りんき》ですか？」

「そんなことはない。そういう感情とは違うのだ。沙耶がみなに囲まれているのはむしろ嬉しいのだ」

「ではなんでしょう？」

「音吉の方が俺よりも男らしいではないか」

「そんなことはありませんよ」

言いながら、たしかにそうかもしれないとも思う。だが、沙耶は月也に男らしくなってほしいわけではない。

「さあ、それよりも寄木細工を買いましょう」

寄木細工はその名の通り木で作った細工物である。箱が多くて、仕掛けがほどこしてあり簡単には開かない。

秘密のものをしまう小箱としては重宝する。

月也は土産に買ったが、自分用には買わないようだった。

「どうしたのですか?」

「秘密の小箱などいらないさ」

「わたしは買いますよ。秘密の小箱」

沙耶は楽しくなって箱を選ぶ。中になにを入れるか考えてしまう。音吉たちへの土産でかなりの量になる。

宿に戻れば江戸に発送できるから、早く身軽になりたかった。

「早く江戸に帰りたいな」

月也に言われて、心から首を縦に振る。

温泉は楽しくもあったが、結局気が休まることはなかった。慣れた江戸が一番だと思う。

旅が好きなひとにはいいのだろうが、沙耶には少々荷が重い。それよりも江戸でみなの顔を早く見たかった。

「源太さんは本当に松さんを迎えに行くのでしょうか?」

「もちろんだ」

月也が力強く言った。

いさ」

「自信があるのですね」

「それはそうだろう。お互いに思い合っていたんだからな。迎えに行かないわけがない」

そうして、月也はあらためて沙耶の目を見た。

「俺も今回学んだぞ」

「なんですか？」

「朝も夜も、飯は沙耶の作ったものが一番だ」

それを聞いて沙耶は思わず吹き出した。

「なんですか。それは」

「俺は真面目に言ったのだ」

「そうですね。ありがとうございます」

沙耶は答えると、月也は食事の好き嫌いをどこで判断しているのだろう、と思った。

ただ、沙耶にしても今回の旅は、月也のことが好きだと深く感じられたという意味ではよかった。

それでも、月也と過ごすのはいつもの江戸がいい。

「なんだか事件を解決したくなってきたな」

月也が言う。

「そうですね。わたしも、早く小者に戻りたいです」

そう言うと、沙耶はあらためて江戸のみなのことを思ったのだった。


「へえ。けっこういいじゃないか、この寄木細工」

音吉は、沙耶の土産を眺めながら機嫌がよさそうだった。

「気に入っていただけましたか？」

「うん。気に入ったね。大事にするよ」

牡丹も、寄木細工が嬉しいらしい。

山本町にある狭霧の店「いぶき」に、音吉、牡丹、おりん、おたまが沙耶とともに集まっていた。

月也は今日奉行所へ報告に行っており、その間沙耶は挨拶のための時間をとっている。

まずは音吉たちに土産を持ってきたのだった。

「それにしても、瓦版屋なんてタチが悪いですね」

狭霧が、酒とつまみを運んでくると顔をしかめた。狭霧のように遊女を扱う仕事をしていると、この問題は深刻である。

滅多にないが、遊女が駆け落ちしてしまうことがあるからだ。

吉原《よしわら》と違って岡場所《おかばしょ》の場合は、店に住んでいるわけではない。理屈の上では素人《しろうと》だから、駆け落ちもあり得ないことではない。

ただ、それを瓦版で煽られると店には死活問題となる。取り締まりにあい、店を潰されてしまうかもしれないのだ。

「それで、悪い瓦版屋は捕まるのかい？」

音吉が興味深そうに聞いてくる。

「わかりません。とはいえ情報はもうあるので、時間の問題でしょう」

瓦版屋でもなんでも江戸に住んでいれば、すぐに身元はわかる。たいていの情報は大家のもとに集まるようにできているからだ。

「でもまあ、最後は月也さんが好き、で終わるのは沙耶らしいねえ」

「のろけてばっかりみたいなことを言わないでください」

「のろけてばっかりだろう」

音吉はにやにやと笑う。

そんなことはない、と思うのだが、月也が好きと口をついて出てしまうのだ。沙耶には止めようもない。

「でも、足袋問屋の萩屋さんは気の毒な役回りでした。恋している雰囲気なのに、小雪さんたらまったく気がつかないんですよ」

「沙耶はそういうの敏感なんだ？」

「もちろんです」

沙耶は胸を張った。

「萩屋さんは忍藩に戻ったのですか？」

牡丹が、茶を飲みながら聞いてきた。

「ええ。商売を頑張るっておっしゃってたわ」

「うまくいくといいですね。それに、いいお相手も」

「あんなにいい人ならきっとすぐに見つかりますよ」

「そうだね。今度は鈍くない相手と出会えるだろうよ」

音吉が大きく頷く。まったくだと沙耶も思う。気がついてもらえない恋は苦しかったに違いない。

「それで、月也の旦那はどうしてるんだい？」

「いまは奉行所に報告に行っています。今後の相談もあるようです」

「クビかね」

音吉が笑いながら言った。

「まさか。月也さんは頑張っていますから」

そう言いながらも、なにか悪いことがなければいいと思う。

「まあ、なににせよ江戸に無事戻ってきてよかったよ。そうそう、村田屋さんがまた沙耶を呼びたいって言ってたよ」

「わたしは芸者ではないですよ」

沙耶が苦笑する。

そもそも、箱屋は裏方だから、座敷に出ることなどない。

「そうだけどさ。沙耶は美人だからね。芸者をやればきっと人気出るよ」

「買いかぶりですけどね」

言いながらも、音吉に褒められるのは悪い気分ではない。

「それに、顔の広い連中に気に入られると、なにかとやりやすいさ」

「そうですね」

それが月也の役に立てばいい、と思った。

「なにはともあれ乾杯《かんぱい》さ」

音吉が、沙耶の猪口《ちよこ》に酒を注いだ。

「江戸の酒を味わっておくれよ」

飲むと、やはり江戸の味がする。

箱根への旅は楽しかったが、江戸の味の方がほっとするようだ。

今日は月也のためになにか美味しいものを作ろうと思った。


そのころ。

月也は真面目な表情で筒井に向き合っていた。筒井の部屋である。内与力の伊藤も同席していた。

「江戸の瓦版屋が元締めになって、仇討ちを煽っているというのだな」

「間違いありません」

「それにしても、江戸だけならまだしも、箱根にまで影響しているとなるとさすがに捨てておけぬな」

筒井が困った顔をした。

「幕府の面子《メンツ》が潰れるようなことにもなりかねぬ」

「しかし、どうやってひっとらえますか」

伊藤が思案に暮れつつ言う。

「それが問題よな。いまのところこれといった罪にはならぬ」

筒井もお手上げという様子だ。

「紅藤はいかが思う」

「はっ。駆け落ちが好き同士ならかまいませんが、訳ありの場合、かどわかしのようなこともあり得るのではないでしょうか」

「かどわかし?」

「はい。さらに、生活のために途中で女を売り飛ばしてしまうこともあるようです」

女をかどわかして女郎屋に売る行為は、もちろん罪である。女が訴えることがあまりないので事件になりにくいが、目的が女性の売買なら充分罪に問える。

「なるほど、かどわかしにかかわる罪というわけか」

伊藤が感心したように言った。

「それならば罪もない瓦版屋には累《るい》は及ばぬな」

筒井も言う。

「考えるようになったではないか。紅藤」

「拙者も成長しております」

月也は頭を下げた。源太と松のことを思っただけなのだが、思いのほか功を奏したらしい。

「すぐにその瓦版屋を召し取るよう、指示を出しましょう」

伊藤が席を立って出て行った。ここから先はおそらく隠密廻りか臨時廻りの仕事ということになるだろう。

月也のような風烈廻りには、関係なくなったということだ。

「さて、紅藤よ」

二人になった部屋で、筒井が声をかけてきた。

「はっ」

「少々頼みがある」

「なんでしょう」

「ひとつ、悪人を退治してほしいのだ」

「悪人ですか？」

「そうだ。お主は悪人が苦手だからな。あえて頼みたい」

「苦手なことなどありません。悪人ならもちろん退治します」

月也は胸を張った。

「頼む」

「どのような奴なのでしょう」

「日本橋芳町《よしちょう》の陰間《かげま》茶屋を仕切っている男で、原田《はらだ》屋《や》甚右衛門《じんえもん》という。その男をなんとか改心させてほしいのだ」

「改心ですか？　ひっとらえるのではなく？」

「いや、逆だ。捕まらぬように改心させてほしい」

筒井が困った顔で言う。

「捕まらぬようにとは、どういうことでしょう」

「大奥のな。お清《きよ》の方々が通っておるのよ」

お清の方、というのは、大奥で側室を監視し、報告する仕事の女性である。本人たちは男と交わることがないから、お清と呼ばれている。

といっても欲望がないわけではない。そのため内緒で男と密会することになる。ただし、普通の男では発覚しやすいので、陰間茶屋にいる男と密会することが多いのだ。

もちろんご法度である。

わかればただではすまない。陰間茶屋全体にも影響が出るだろう。だから発覚前に改心させたいということだ。

「しかし、陰間茶屋となりますと、どのようにすればよいのでしょう」

「お主が女の格好、女房殿が男の格好で行けばよいのだ」

「女の格好ですか」

「そうだ。陰間茶屋とはそういうものだろう」

「わたしも若衆ということですか」

「いや、女房殿は若衆でもお主は無理だろう。若女《じゃくじょ》というところだな」

「若女？」

「若衆というのは少年のことよ。もう少し年齢が上がると若女というのだ」

それがどのようなものかはともかく、月也にできるのかが気になる。

「しかし、なぜ拙者なのですか。日本橋なら同心がいるではないですか」

「ああ。〝鬼〟のことか」

「左様です」

鬼、というのは、日本橋の周辺を守るために存在している専門の同心である。四人いて、日本橋周りのことだけを扱う。

深川にも深川同心というものはいるが、日本橋のほうがもう少し荒っぽい。鬼という名前からして荒事《あらごと》という感じがする。

「鬼は陰間茶屋には触れないのだ」

たしかにそんな気がする。

「わかりました。しかし、どのようにして話をつければよいのですか」

「女房殿と付き合っている、音吉という芸者に手配してもらえ」

どうやら、筒井はさまざまなことを把握したうえで言っているらしい。

「潜入するということですね」

「そうだ。だが染まるなよ。最後までいってはいかん」

奉行が笑いを含んだ声で言った。

「そのようなことはございません」

月也がさすがに不満をもらした。

「まあ、そうだな。では、よろしく頼む」

奉行に言われて月也は頭を下げた。

「よいか。役目に失敗すると切腹だからな」

「はっ」

また切腹か。と月也はため息をついた。同心という仕事はこうまで切腹がついて回るものなのだろうか。

今日はまだ休み扱いだから、奉行所を辞して家に戻る。

家に入ると、沙耶が台所にいた。

「ただいま」

「おかえりなさい」

沙耶がいつもの笑顔を見せる。

「月也さんがわたしの料理を食べたいとおっしゃったので、今日は腕を振るいました」

「そうか」

「待っていてくださいね」

そういうと、月也のための料理を作る。

この季節はバカガイが美味しい。だが、江戸に帰ってきたばかりだし、今日は月也の好きな鯖《さば》を選んだ。

といってもこの時期には鯖は旬を外れる。脂の乗りはやや少ない。それでもいい鯖を選んで買ってきていた。

鯖を焼くと、焼きあがった鯖に刻んだ葱を載せて、ごま油を少々かける。それから大根をたっぷりとすりおろした。

溶いた辛子と、最後に胡麻《ごま》豆腐を添えた。

胡麻豆腐は、すった胡麻を葛で固めたもので、手間がかかるので家で作ることはまずない。

ところが最近、日本橋で胡麻豆腐を扱う店がでてきて、評判になっていた。沙耶も今日は買ってきたのである。

味噌汁には卵と、すりおろした山芋を入れる。とろろ味噌汁はいかにも精がつきそうだった。

「さあどうぞ」

料理を運ぶと、月也の腹が鳴った。

「沙耶も早く」

月也に言われるままに席につく。

鯖はふっくらと焼きあがっていて、ごま油が風味を際立たせていた。東海道の魚も美味しかったが、やはり江戸の魚のほうがしっくりくる。

「沙耶の料理はいい。愛情の味がする」

「料理屋さんだって愛情込めてますよ」

「いや、違う。料理屋の料理は客への愛情で、沙耶は俺への愛情だから、同じ愛情でも細やかさが違うのだ」

「褒めてもなにも出ませんよ」

言いながら、とろろ味噌汁を口に入れる。

とろろの味と卵の味が合わさって、力強い味がする。山芋は冷えたものもいいが、温めた方が風味が増す気がした。

「この山芋は美味いな」

月也が嬉しそうな声を出した。

それから、月也が真面目な顔になる。

「ところで、沙耶」

「なんでしょう」

「俺を女にしてくれないか」

「はい？」

「俺を女にしてほしいのだ」

「男にしてくれ、でなくてですか？」

「そうだ、女だ」

どうやら、奉行所でなにか指示をされてきたのに違いない。

それにしても、俺を女に、とはどういうことだろう。

沙耶にはわからなかったが、ここはしかたがない。

「わかりました。月也さんを女にして差し上げます」

そう言うと、月也はほっとした顔になった。

本当に、月也といると退屈することはなさそうだ。

思いながら、沙耶は次の捕り物の予感がしていた。いずれにしても沙耶にも出番があるだろう。

それから、月也の「女」姿を思って、少し笑ってしまったのだった。

○主な参考文献

『伊勢詣と江戸の旅』　金森敦子　文春新書
『任侠大百科』　日本任侠研究会編
『江戸・町づくし稿』上・中・下　岸井良衞　青蛙房
『大井川とその周辺』　浅井治平　いずみ出版
『江戸服飾史』　金沢康隆　青蛙房
『江戸生業物価事典』　三好一光編　青蛙房
『江戸物価事典』　小野武雄編著　展望社
『江戸風物詩』　川崎房五郎　桃源社
『江戸10万日全記録』　明田鉄男編著　雄山閣
東海道中膝栗毛を旅しよう　田辺聖子　角川ソフィア文庫
東海道中膝栗毛（上）　十返舎一九　夕陽亭文庫

本書は文庫書下ろし作品です。

|著者| 神楽坂 淳　1966年広島県生まれ。作家であり漫画原作者。多くの文献に当たって時代考証を重ね、豊富な情報を盛り込んだ作風を持ち味にしている。小説には『大正野球娘。』『征服娘。』『激辛！ 夏風高校カレー部』『三国志１～５』『金四郎の妻ですが』など、漫画原作・シナリオには『LIPS』『福音のヴェルター』『RE:BORN 仮面の男とリボンの騎士１～３』『S×Mぷらす執事』などがある。

うちの旦那《だんな》が甘《あま》ちゃんで 7

神楽坂《かぐらざか》 淳《あつし》

講談社文庫
定価はカバーに
表示してあります

2020年３月13日第１刷発行

発行者――渡瀬昌彦
発行所――株式会社　講談社
東京都文京区音羽2-12-21　〒112-8001
電話　出版（03）5395-3510
　　　販売（03）5395-5817
　　　業務（03）5395-3615
Printed in Japan

デザイン―菊地信義
本文データ制作―講談社デジタル製作
印刷―――中央精版印刷株式会社
製本―――中央精版印刷株式会社

ISBN978-4-06-518953-5

講談社文庫刊行の辞

二十一世紀の到来を目睫に望みながら、われわれはいま、人類史上かつて例を見ない巨大な転換期をむかえようとしている。

世界も、日本も、激動の予兆に対する期待とおののきを内に蔵して、未知の時代に歩み入ろうとしている。このときにあたり、創業の人野間清治の「ナショナル・エデュケイター」への志を現代に甦らせようと意図して、われわれはここに古今の文芸作品はいうまでもなく、ひろく人文・社会・自然の諸科学から東西の名著を網羅する、新しい綜合文庫の発刊を決意した。

激動の転換期はまた断絶の時代である。われわれは戦後二十五年間の出版文化のありかたへの深い反省をこめて、この断絶の時代にあえて人間的な持続を求めようとする。いたずらに浮薄な商業主義のあだ花を追い求めることなく、長期にわたって良書に生命をあたえようとつとめるところにしか、今後の出版文化の真の繁栄はあり得ないと信じるからである。

同時にわれわれはこの綜合文庫の刊行を通じて、人文・社会・自然の諸科学が、結局人間の学にほかならないことを立証しようと願っている。かつて知識とは、「汝自身を知る」ことにつきていた。現代社会の瑣末な情報の氾濫のなかから、力強い知識の源泉を掘り起し、技術文明のただなかに、生きた人間の姿を復活させること。それこそわれわれの切なる希求である。

われわれは権威に盲従せず、俗流に媚びることなく、渾然一体となって日本の「草の根」をかたちづくる若く新しい世代の人々に、心をこめてこの新しい綜合文庫をおくり届けたい。それは知識の泉であるとともに感受性のふるさとであり、もっとも有機的に組織され、社会に開かれた万人のための大学をめざしている。大方の支援と協力を衷心より切望してやまない。

一九七一年七月

野間省一

つげ義春
つげ義春日記
解説＝松田哲夫
昭和五〇年代、自作漫画が次々と文庫化される一方で、将来への不安、育児の苦労、妻の闘病と自身の不調など悩みと向き合う日々をユーモア漂う文体で綴る名篇。
978-4-06-519067-8
つK1

稲垣足穂
稲垣足穂詩文集
編・解説＝中野嘉一・高橋孝次　年譜＝高橋孝次
前衛詩運動の歴史的視点からイナガキタルホのテクストを「詩」として捉え、編まれた、大正・昭和初期の小品集。詩論・随筆も豊富に収録。
978-4-06-519277-1
いY1

菊地秀行　吸血鬼ドラキュラ
北原亞以子　深川澪通り木戸番小屋
北原亞以子　新地橋〈深川澪通り木戸番小屋〉
北原亞以子　夜の明けるまで〈深川澪通り木戸番小屋〉
北原亞以子　澪つくし〈深川澪通り木戸番小屋〉
北原亞以子　たからもの〈深川澪通り木戸番小屋〉
北原亞以子　降りしきる
北原亞以子　贋作天保六花撰《うそばっかりえどのはなし》
北原亞以子　花冷え
北原亞以子　歳三からの伝言
北原亞以子　お茶をのみながら
北原亞以子　その夜の雪
北原亞以子　江戸風狂伝
桐野夏生　新装版 顔に降りかかる雨
桐野夏生　新装版 天使に見捨てられた夜
桐野夏生　新装版 ローズガーデン
桐野夏生　OUT(上)(下)
桐野夏生　ダーク(上)(下)
桐野夏生　猿の見る夢

京極夏彦　文庫版 姑獲鳥《うぶめ》の夏
京極夏彦　文庫版 魍魎《もうりょう》の匣《はこ》
京極夏彦　文庫版 狂骨《きょうこつ》の夢《ゆめ》
京極夏彦　文庫版 鉄鼠《てっそ》の檻《おり》
京極夏彦　文庫版 絡新婦《じょろうぐも》の理《ことわり》
京極夏彦　文庫版 塗仏《ぬりぼとけ》の宴《うたげ》―宴の支度
京極夏彦　文庫版 塗仏の宴―宴の始末
京極夏彦　文庫版 百鬼夜行―陰
京極夏彦　文庫版 百器徒然袋―雨
京極夏彦　文庫版 百器徒然袋―風
京極夏彦　文庫版 今昔続百鬼―雲
京極夏彦　文庫版 陰摩羅鬼《おんもらき》の瑕《きず》
京極夏彦　文庫版 邪魅《じゃみ》の雫
京極夏彦　文庫版 死ねばいいのに
京極夏彦　文庫版 ルー＝ガルー〈忌避すべき狼〉
京極夏彦　文庫版 ルー＝ガルー2〈インクブス×スクブス 相容れぬ夢魔〉
京極夏彦　分冊文庫版 姑獲鳥《うぶめ》の夏(上)(下)
京極夏彦　分冊文庫版 魍魎《もうりょう》の匣《はこ》(上)(中)(下)
京極夏彦　分冊文庫版 狂骨《きょうこつ》の夢《ゆめ》(上)(中)(下)

京極夏彦　分冊文庫版 鉄鼠《てっそ》の檻《おり》全四巻
京極夏彦　分冊文庫版 絡新婦《じょろうぐも》の理《ことわり》(一)(二)
京極夏彦　分冊文庫版 絡新婦《じょろうぐも》の理《ことわり》(三)(四)
京極夏彦　分冊文庫版 塗仏《ぬりぼとけ》の宴《うたげ》 宴の支度《したく》(上)(中)(下)
京極夏彦　分冊文庫版 塗仏《ぬりぼとけ》の宴《うたげ》 宴の始末《しまつ》(上)(中)(下)
京極夏彦　分冊文庫版 陰摩羅鬼《おんもらき》の瑕《きず》(上)(中)(下)
京極夏彦　分冊文庫版 邪魅《じゃみ》の雫(上)(中)(下)
京極夏彦　分冊文庫版 ルー＝ガルー〈忌避すべき狼〉(上)(下)
京極夏彦　分冊文庫版 ルー＝ガルー2〈インクブス×スクブス 相容れぬ夢魔〉(上)(下)
京極夏彦・原作 志水アキ・漫画　コミック版 姑獲鳥《うぶめ》の夏(上)(下)
京極夏彦・原作 志水アキ・漫画　コミック版 魍魎《もうりょう》の匣《はこ》(上)(下)
京極夏彦・原作 志水アキ・漫画　コミック版 狂骨の夢(上)(下)
北森　鴻　狐罠
北森　鴻　花の下にて春死なむ
北森　鴻　香菜里屋《カナリヤ》を知っていますか
北森　鴻　親不孝通りラプソディー
北村　薫　盤上の敵
北村　薫　紙魚家崩壊〈九つの謎〉
北村　薫　野球の国のアリス

岸　惠子　30年の物語
木内一裕　藁の楯
木内一裕　水の中の犬
木内一裕　アウト&アウト
木内一裕　キッド
木内一裕　デッドボール
木内一裕　神様の贈り物
木内一裕　喧嘩猿
木内一裕　バードドッグ
木内一裕　不愉快犯
木内一裕　嘘ですけど、なにか？
北山猛邦　『クロック城』殺人事件
北山猛邦　『瑠璃城』殺人事件
北山猛邦　『アリス・ミラー城』殺人事件
北山猛邦　『ギロチン城』殺人事件
北山猛邦　私たちが星座を盗んだ理由
北山猛邦　猫柳十一弦の後悔〈不可能犯罪定数〉
北山猛邦　猫柳十一弦の失敗〈探偵助手五箇条〉
北　康利　白洲次郎 占領を背負った男(上)(下)
北　康利　福沢諭吉 国を支えて国を頼らず(上)(下)
北　康利　吉田茂 ポピュリズムに背を向けて(上)(下)
北原尚彦　死美人辻馬車
北尾トロ　テッカ場
樹林　伸　東京ゲンジ物語
貴志祐介　新世界より(上)(中)(下)
北川貴士　マグロはおもしろい〈美味のひみつ、生き様のなぞ〉
木下半太　サバイバー
北原みのり　毒婦。〈木嶋佳苗100日裁判傍聴記〉
北原みのり　木嶋佳苗100日裁判傍聴記〈佐藤優対談収録完全版〉
北　夏輝　恋都の狐さん
北　夏輝　美都《みと》で恋めぐり
北　夏輝　狐さんの恋結び
岸本佐知子 編訳　変《ヘン》愛《アイ》小説集
岸本佐知子 編　変愛小説集 日本作家編
木原浩勝　文庫版 現世《うつしよ》怪談(一) 主人の帰り
木原浩勝　文庫版 現世怪談(二) 白刃の盾
木原浩勝　増補改訂版 もう一つの「バルス」〈―宮崎駿と『天空の城ラピュタ』の時代―〉
喜国雅彦 国樹由香　メフィストの漫画
清武英利　石つぶて〈警視庁 二課刑事の残したもの〉
清武英利　しんがり〈山一證券 最後の12人〉
黒岩重吾　新装版 古代史への旅
栗本　薫　新装版 絃《いと》の聖域
栗本　薫　新装版 ぼくらの時代
栗本　薫　新装版 優しい密室
栗本　薫　新装版 鬼面の研究
黒井千次　カーテンコール
黒井千次　日 の 砦
倉橋由美子　よもつひらさか往還
黒柳徹子　窓ぎわのトットちゃん 新組版
工藤美代子　今朝の骨肉、夕べのみそ汁
倉知　淳　新装版 星降り山荘の殺人
倉知　淳　シュークリーム・パニック
熊谷達也　浜の甚兵衛
鯨　統一郎　タイムスリップ森鷗外
倉阪鬼一郎　大江戸秘脚便
倉阪鬼一郎　娘飛脚を救え〈大江戸秘脚便〉
倉阪鬼一郎　開運十社巡り〈大江戸秘脚便〉

講談社文庫　目録

香月日輪　大江戸妖怪かわら版③〈封印の娘〉
香月日輪　大江戸妖怪かわら版④〈天空の竜宮城〉
香月日輪　大江戸妖怪かわら版⑤〈雀、大浪花に行く〉
香月日輪　大江戸妖怪かわら版⑥〈魔狼、月に吠える〉
香月日輪　大江戸妖怪かわら版⑦〈大江戸散歩〉
香月日輪　地獄堂霊界通信①
香月日輪　地獄堂霊界通信②
香月日輪　地獄堂霊界通信③
香月日輪　地獄堂霊界通信④
香月日輪　地獄堂霊界通信⑤
香月日輪　地獄堂霊界通信⑥
香月日輪　地獄堂霊界通信⑦
香月日輪　地獄堂霊界通信⑧
香月日輪　ファンム・アレース①
香月日輪　ファンム・アレース②
香月日輪　ファンム・アレース③
香月日輪　ファンム・アレース④
香月日輪　ファンム・アレース⑤(上)(下)
近衛龍春　長宗我部盛親(上)(下)

近衛龍春　加藤清正〈豊臣家に捧げた生涯〉
香坂直　走れ、セナ！
小林正典　英国太平記
小鶴　カンガルーのマーチ
木原音瀬　箱の中
木原音瀬　美しいこと
木原音瀬　秘密
神立尚紀　祖父たちの零戦〈Zero Fighters of Our Grandfathers〉
神立尚紀
大島隆之　零戦〈搭乗員たちが見つめた太平洋戦争〉
古賀茂明　日本中枢の崩壊
近藤史恵　薔薇《ばら》を拒む
近藤史恵　砂漠の悪魔
近藤史恵　私の命はあなたの命より軽い
小泉凡　怪談四代記〈八雲のいたずら〉
小島正樹　武家屋敷の殺人
小島正樹　硝子の探偵と消えた白バイ
小松エメル　夢の燈《ほ》影《かげ》〈新選組無名録〉
小松エメル　総司の夢
近藤須雅子　プチ整形の真実

小島環　小旋風《つむじかぜ》の夢絃《むげん》
小島環
原作あなしん
脚本おかざきさとこ　小説　春待つ僕ら
呉勝浩　道徳の時間
呉勝浩　ロスト
呉勝浩　蜃気楼の犬
呉勝浩　白い衝動
こだま　夫のちんぽが入らない
講談社校閲部　〈熟練校閲者が教える〉間違えやすい日本語実例集
佐藤さとる　〈コロボックル物語①〉だれも知らない小さな国
佐藤さとる　〈コロボックル物語②〉豆つぶほどの小さないぬ
佐藤さとる　〈コロボックル物語③〉星からおちた小さなひと
佐藤さとる　〈コロボックル物語④〉ふしぎな目をした男の子
佐藤さとる　〈コロボックル物語⑤〉小さな国のつづきの話
佐藤さとる　〈コロボックル物語⑥〉コロボックルむかしむかし
佐藤さとる　天狗童子
佐藤さとる
絵/村上勉　わんぱく天国
佐藤愛子　新装版　戦いすんで日が暮れて
佐木隆三　慟哭〈小説・林郁夫裁判〉
沢田サタ編　新装版　泥まみれの死〈沢田教一ベトナム戦争写真集〉

講談社文庫　目録

2019年12月15日現在